대박 오천만 연기학원

대박 오천만 연기학원

서경희 소설

교유서가

차례

대박 오천만 연기학원

이름도 이상한 '대박 오천만 연기학원'은 코엑스 아쿠아리움에 있었다. 입장권을 사서 아쿠아리움으로 들어갔다. 연기학원에서 택배로 보내준 안경을 배낭에서 꺼냈다. 보라색과 파란색이 뒤섞인 수경처럼 생긴 안경이었는데, 연기학원 입구를 찾는 데 쓰인다고 했다. 집에서 안경을 여러 번 써보았지만 특별한 점은 눈에 띄지 않았다. 오랜 시간 착용하면 돋보기를 썼을 때처럼 속이 울렁거린다는 점만 빼고. 택배 상자에는 정체불명의 약병도 들어 있었다. 짙은 갈색 병에는 상표 없이 뚜껑에 "섭취 직전 개봉"이라는 문구만 쓰여 있을 뿐 어떠한 활자도 없었다. 당연히 유통기한도 없었다. 다만 연기학원의 약도와 주의 사항이 적힌 설명서 마지막에 붉은색으로 "설명서는 자동 소각됩니다"라고 쓰여 있었다. 그 문구를 읽는 순간 거짓말처럼 종이가 사라졌다. 폭약이 터지거나 불이 난 것은 아니었다. 그냥 손바닥 위에서 마술처럼 자취를 감추었다. 태양이 작열하는 사막에서 물 한 방울이 순식간에 땅으로 흡수되는 것처럼. 대충 한번 훑어본 설명서가 머릿속에 그대로 각인되었다. 토씨 하나까지 전부. 나는 설명서에 그려진 약도를 떠올리며 사람들을 따라 걸었다. 안경을 쓰고 형광 오렌지색 화살표를 찾아 사방을 두리번거렸다.

　모든 일은 한 통의 스팸 메일 때문에 일어났다. 동창회를 다녀온 날 새벽이었다. 텔레비전과 컴퓨터를 켜놓고 10여 마리의 들개가 얼음 벌판을 질주하는 그림을 마무리했다. 컴퓨터는 가르랑거렸고 텔레비전에서는 웃음소리가 끊이지 않았다. "성공하고 싶은 일반인들을 위한 특별 연기 트레이닝"이라는 스팸 메일을 클릭한 것은 우연이었다.

빌 게이츠가 배우 수업을 받은 적이 있고, 교황 요한 바오로 2세가 연극배우로 활동했고, 스타 성형외과 의사 M이 로런스 올리비에 연기상을 받았다는 사실을 아십니까? 스타가 되고 싶으십니까? 성공하고 싶으십니까? 그렇다면 지금 당장 연기 연습을 시작하십시오. 당신의 성공과 보다 밝은 미래를 우리 대박 오천만 연기학원에서 도와드리겠습니다.

대박 오천만 연기학원의 홈페이지에 접속해 전화번호와 주소, 이메일을 입력하고 회원 가입을 했다. 회원 가입을 한 이유는 동창회에서 M이 죽었다는 소식을 들었기 때문이다. 성형외과 의사 자격증 한 장 덜렁 들고 20만 평 부지에 세계 최대 규모의 콘도형 성형타운을 건립한 M은 자신의 병원에서 심장마비로 죽었다. 6개월 전의 일이라고 했다.

게르만족 특유의 얼굴선을 선망했던 M은 틈날 때마다 오징어를 씹었다. 그는 부드러운 인상에 날렵하지만 강인한 턱선을 가지고 싶어했다. M은 오징어를 씹으면서 말했다.

"'인생에서 가장 중요한 건 길[道]이다.' 내 좌우명이야."

M은 자신의 좌우명에 따라 행동했다. 버스나 지하
철 같은 대중교통은 일절 이용하지 않았고 웬만해서는
골목길을 걷는 법도 없었다. 놀이동산이나 영화관같이
사람들이 많이 모이는 장소도 피했다. 만나는 사람들
도 정해져 있었고 새로운 사람 사귀는 것을 극도로 자
제했다. M은 "잘못 접어든 골목길이 인생을 바꿔"라
고 입버릇처럼 말했다.

형광 오렌지색 화살표가 눈에 들어왔다. 화살표는
여고생의 책가방에 어른거렸다. 화살표는 나를 연기
학원 입구로 데려다줄 터였다. 눈을 질끈 감았다가 떴
다. 화살표는 여전히 그곳에 있었다. 화살표를 뚫어지
게 쳐다보며 여고생의 뒤를 따라갔다. 여고생은 관람
하는 사람답지 않게 빠르게 걸었다. 화려한 붉은색 꽃
무늬 치마를 입은 여자의 노란색 하이힐 뒤축에 화살
표가 생겼다. 화살표는 여고생이 여자의 어깨를 살짝
치고 앞으로 나갈 때 옮겨갔다. 여고생과 여자가 교묘
하게 갈림길에서 엇갈렸다. 남자친구와 같이 온 여자
는 걸음이 느렸다. 화살표는 목도 가누지 못하는 갓난
아기가 타고 있는 유모차를 거쳐 효도관광을 온 할아

버지의 중절모에도 한동안 붙어 있었다. 이름이 가물거리는 중년 탤런트의 바바리코트 단추에도 매달렸다. 화살표가 순식간에 거대한 수조 속으로 튀어들어갔다. 나는 그 자리에 멈추어 섰다. 바닷속처럼 광활한 수조를 노려보았다. 500년은 산 것 같은 바다거북이 나를 향해 헤엄쳐왔다. 하고 싶은 말이 있는지 빤히 쳐다보면서.

화살표가 물속에 둥둥 떠 있었다. 나를 기다리는 것 같았다. 연기학원으로 들어가는 문이 수족관에 있는 듯했다. 나는 약병을 땄다. 애플민트향이 나는 걸쭉한 오렌지색 액체를 단숨에 들이켰다. 오래 입어서 색이 바랜 것처럼 옷에서 염료가 빠져나갔다. 섬유가 천천히 닳더니 삭아서 없어졌다. 피부가 서서히 투명해지더니 눈앞에서 사라졌다. 몸이 먼지처럼 가벼워졌다. 팔을 들어도 무게를 전혀 느낄 수 없었다.

나는 유리에 아무런 해를 끼치지 않고 수족관으로 들어갔다. 자석이 다른 극을 끌어당기는 것처럼 자연스러웠다. 몸이 부드럽게 앞으로 나아갔다. 숨도 차지 않았다. 육체를 심하게 혹사한 것처럼 몸이 나른했다. 잠이 무섭게 쏟아졌다. 나는 바닷속인지, 수조 안인지 알 수 없는 공간에서 그대로 잠이 들었다. 순식간에 일어난 일이었다.

눈을 뜬 곳은 사방이 시멘트벽으로 막힌 복도였다. 복도 끝에 대박 오천만 연기학원 간판이 커다랗게 붙어 있었다. 문을 열려고 하는데, 손잡이가 없었다. 자동문인가 하고 생각했다. 뒤로 몇 걸음 물러났다가 다시 다가섰지만 문은 반응하지 않았다. 문을 옆으로 밀어보았다. 꿈쩍도 하지 않았다. 노크했는데도 인기척 하나 들리지 않았다. 문의 왼쪽 벽에서 빨간 불빛이 규칙적으로 반짝였다. 가까이 다가가서 보니 전기계량기 같은 설비가 있었다. 빨간 불빛 아래에 동그란 유리가 있었다. "지문을 대시오"라는 안내 문구가 작은 글씨로 쓰여 있었다. 오른손 엄지손가락을 가져다댔다. 잠시 후 경쾌한 멜로디와 함께 네모난 문이 열렸다. 그곳에는 카드기가 설치되어 있었다. "금액 오십만 원"이라고 찍혀 있었다. 설명서에는 각 단계별로 수강료를 지불해야 한다고 명시되어 있었다. 편의점에서 주 3일 8시간 야간근무를 하고 받는 돈이 백만 원 조금 못 미쳤다. 편의점에서 생기는 유통기한이 지난 식료품 덕에 식비는 거의 들지 않았다. 공과금으로 십만 원 정도를 지출하고 나머지 돈으로는 화구를 샀다. 다음 달에는 그림을 못 그리겠다는 생각을 하며 오늘을 위해 만든 새 카드를 긁었다.

보통 책상의 세 배는 되는 거대한 책상이 넓은 사무실에 덩그러니 놓여 있었다. 벽면은 유명 인사의 사진으로 도배되어 있었는데, 텔레비전만 켜면 쉽게 볼 수 있는 사람들이었다.

"우리 학원을 수료한 사람들입니다. 어때요, 정말 대단하지 않나요?"

남색 치마 정장 차림에 머리를 단정하게 올리고 진주 귀고리를 한 여성이 온화한 미소를 입술에 머금고 있었다. 여자는 옷차림 말고는 모든 것이 애매했다. 이를테면 여자의 나이가 서른쯤으로 보이는 듯싶다가도 중년처럼 보이기도 했고 다시 집중해서 보면 소녀였다. 눈 모양도 쌍꺼풀진 큰 눈에서 찢어진 눈이 되었다가 위로 치켜올라간 눈에서 단춧구멍만한 눈으로 변했다. 여자의 얼굴은 독립적으로 살아 있는 생물체 같았다. 따라서 여자의 나이도, 생김새도, 성격도 알 수 없었다. 사람들이 원하지 않아도 남들에게 공개할 수밖에 없는 진심의 한 부분인 인상을 여자는 가지지 못했다. 사람의 나이테와 다름없는 삶의 흔적 말이다.

"제 이메일 주소는 어떻게 알았습니까?"

"지금 이 상황에서 그 질문이 적절한가요? 한번 생각해보세요. 플로베르가 일물일어설(一物一語說)에 대해 이야기했죠. 세상의 모든 사물은 그것을 표현할 오직 하나의 단어만 가지고 있다. 그 법칙은 질문에도 그대로 적용됩니다. 하나의 질문에 꼭 맞는 대답은 단 하나다. 1 더하기 1이 2인 것처럼 너무나 분명한 사실이죠."

"말장난도 아니고, 하고 싶은 말이 뭡니까?"

"물론 처음부터 잘하는 사람은 없습니다. 제 교육생 중에서 첫 질문을 제대로 한 사람은 고작 셋이었어요."

설명서에는 이렇게 명시되어 있었다.

중도 포기한 회원은 4차원의 세계로 넘어가고 한 번 넘어가면 두 번 다시 현실세계로 돌아올 수 없습니다. 4차원의 세계로 넘어가는 순간 현실세계에서의 '나'는 사라지게 됨을 유의하십시오.

"걱정할 것 없습니다. 첫 질문을 틀렸다고 4차원의

세계로 넘어가지는 않으니까요."

"이 세계에서 먼지처럼 사라진다고? 중도 포기도 나쁠 것 없지."

나는 혼자 중얼거렸다.

"김현수씨는 총 세 단계의 과정을 거쳐 타인의 마음 얻기를 배우게 됩니다. 그리고 이곳을 방문한 그 누구보다 성공한 삶을 살게 될 것입니다."

"나를 어떻게 알고 메일을 보냈냐고요?"

"대박 오천만 연기학원이라는 상호에서 알 수 있듯이 우리 원은 대한민국의 모든 사람이 성공할 수 있도록 돕기 위해 설립된 곳입니다. 홍보를 목적으로 불특정 다수에게 메일을 보내긴 하지만 우리가 하는 일에 불법은 없습니다. 당연히 김현수씨가 우리 홈페이지에 가입하기 전까지 우리는 김현수씨가 누군지 몰랐습니다."

"이 학원의 홍보 메일은 불특정 다수에게 보낸 것이 아니었습니다. 이름을 명시하지 않았을 뿐 그것은 저를 아는 사람이 보낸 것입니다. 어떻게 정보를 빼냈는지 그것만 말해요."

동창회에서 돌아와 인터넷을 깡그리 뒤졌는데도

M의 사망과 관련된 기사는 아무것도 나오지 않았다. 성형외과 전문의 M도 검색되지 않았다. 그렇게 방송을 많이 탔던 스타 성형외과 의사가 포털의 인물 검색에서 삭제되었다는 사실이 놀라웠다. M이 설립한 성형타운의 홈페이지에서도 M의 이름은 찾아볼 수 없었다. M은 죽음과 함께 세계에서 지워졌다. 그러던 차에 스팸 메일이 왔고 대박 오천만 연기학원의 홈페이지에서 A4 150장 분량의 M의 기사를 읽게 된 것이다. 그것은 기사가 아니라 논문이라 해도 좋을 만했다. M의 탄생에서부터 가족 관계, 학창 시절, 취미와 특기를 비롯해 성형외과 전문의가 되기 전까지의 개인사적 이야기가 1부였다. 2부에는 성형외과 전문의로 성공하기까지의 과정과 그의 죽음과 관련된 사건에 대해 자세히 설명되어 있었다.

대박 오천만 연기학원은 M의 연기력을 높이 사고 있었다. 그가 성공할 수밖에 없었던 요인을 적절한 예시와 함께 상세히 설명했다. 첫번째 성공 요인으로는 대한민국 최고의 법대를 수석으로 입학한 M이 두 학기만에 학교를 그만두고 미국으로 떠난 것을 꼽았다. 평범한 사람이라면 결코 할 수 없는 최고의 터닝 포인트라고 치켜세웠다.

"최고가 되고 싶다면 최고를 버려라."

M은 두 학기 만에 학교를 그만두었다. 10년 넘게 암
투병중이던 어머니가 돌아가신 지 한 달 만이었다. 나
는 M과 절친한 사이였다. 초등학교부터 대학까지 같
은 학교에 다녔으며, 미국 유학을 떠나기 직전까지 가
깝게 지냈기 때문에 M의 사정을 누구보다 잘 알았다.
기사는 정확했다. M의 대학 중퇴 계기와 과정, 그리고
성형외과 의사의 길로 접어드는 부분은 매우 드라마틱
했는데, 한 편의 영화를 보는 듯 잔잔한 감동이 느껴질
정도였다. 그 과정에서 배울 점도 친절하게 명시해놓
았다. "때로 불행은 성공으로 가는 원동력이 되기도 한
다"라고.

"세계를 지배하려면 언론을 장악해라."

두번째 성공 요인은 미디어를 적절히 이용한 것이었
다. M의 아내는 유명 방송사 사주의 외동딸이었다. 다
큐멘터리 영화감독이기도 한 그녀는 옥스퍼드대에서
인류학을 전공한 수재였다. M은 아내의 입김으로 쉽
사리 방송에 출연할 기회를 잡았다. 단 한 번의 방송 출
연으로 1년 치 상담 예약이 전부 마감되었다. M은 결

혼식으로 한 번 더 스포트라이트를 받았다. 결혼 선물로 아내의 전신 성형을 직접 집도했기 때문이다. 한 방송사의 아침 프로그램에서 전신 성형의 전 과정을 촬영했다. 방송이 나간 후 M은 일약 스타덤에 올랐다. 수술비를 200퍼센트 이상 올렸지만 환자 수는 100퍼센트 이상 늘었다. 결혼 후 아내는 남편을 소재로 다큐멘터리 영화를 찍었는데, 그것이 또 대박이 났다. M은 어느새 휴머니스트가 되어 있었다.

"성공하려면 그 분야를 상징할 수 있는 얼굴로 바꾸어라."

M이 성공할 수 있었던 세번째 요인은 그의 얼굴이다. 정말이지 M의 얼굴은 완벽한 성형외과 의사의 생김새였다. 강아지상으로 처진 눈꼬리, 살짝 돌출된 매부리코는 서양인처럼 오똑했다. 웃을 때면 여덟 개의 하얀 치아가 레고블록처럼 가지런히 보였다. 과하지 않게 각진 턱은 진중하게 보이게 했고 웃을 때 이중으로 생기는 턱살은 좋은 인상을 풍기게 만들어주었다. M의 얼굴을 보고 있으면 '능력 있고 성실한데다 마음까지 좋은 성형외과 의사'라는 생각이 절로 들었다. 사실 M이 그와 같은 외모를 타고난 것은 아니었다. 과

거에 그는 성형외과 전문의보다는 검사 쪽에 어울리는 얼굴이었다. 그는 검사가 되고 싶어했다. 초등학교 5학년 이후 습관적으로 오징어를 씹어대던 시간만큼 죽 그랬다.

M은 8시간에 걸쳐 광대뼈를 깎고 턱뼈의 3분의 2를 제거하는 수술을 받았다. 마우스피스를 문 M은 말도 제대로 하지 못했다. 빨대를 이용해 유동식을 조금씩 삼켰다. 찐빵처럼 부풀어오른 얼굴을 하고 M은 웃고 있었다. 그때처럼 행복하게 웃는 M의 얼굴은 본 적이 없었다. 기사에는 M이 완벽한 얼굴의 성형외과 전문의가 되기 위해 생사를 넘나드는 모습이 생생하게 묘사되어 있었다. M이 유학 시절 양악수술한 것을 대박 오천만 연기학원에서는 어떻게 알았을까. 그것은 가족과 소수의 지인만 아는 사실이었다. 미국에서 10년 만에 돌아온 M을 본 친구들은 성형 사실을 눈치채지 못했다. 수없이 수술대에 올랐지만 M의 외관은 그다지 변하지 않았다. 나이가 들면서 인상이 좋게 변한 것처럼 자연스러웠다.

기사는 성공하고 싶지만 대박 오천만 연기학원에 올 수 없는 상황이라면 M을 롤모델로 삼고 열심히 연기하

대박 오천만 연기학원 **21**

라는 말로 마무리되어 있었다.

　연기학원을 수료하려면 세 단계를 거쳐야 한다고 했다. 나이도, 얼굴도 정확하게 알 수 없는 여자는 행운을 빌어준 뒤 사라졌다. 손바닥에 있던 설명서가 순식간에 피부로 흡수된 것처럼 여자도 어딘가로 사라져버렸다. 문은 하나뿐이었다. 나는 들어왔던 문을 열고 나갔다가 다시 카드를 긁고 같은 문으로 들어왔다. 장소는 전혀 다른 곳으로 바뀌어 있었다.

　주위가 어둑했다. 모든 사물이 그림자처럼 보였다. 전등 스위치는 보이지 않았다. 한쪽 벽면이 통유리로 되어 있었다. 암막 커튼을 걷고 밖을 내다보았다. 창밖이 물로 가득차 있어 잠수함 안에 있는 것 같았다.

　"어서 오십시오. 첫번째 단계는 자기소개서 완성 시간입니다."

　미색 연미복을 입은 남자였다. 처음에 본 여자처럼 인상이 없었다.

　"우리 대박 오천만 연기학원 수강생들은 모두 자신을 객관적으로 볼 줄 알아야 합니다. 자신을 과장하지 말며 그와 같은 무게로 비하하지도 말아야겠습니다."

　인상이 없는 남자가 침대에 누우라고 했다. 나는 배

낭과 신발을 벗고 침대 위로 기어올라가 누웠다. 몸과 마음을 편하게 하고 자신에게 집중하라는 말을 그대로 따랐다.

"티셔츠를 좀 걷겠습니다."

남자가 배와 가슴에 심전도 기계 같은 것을 잡다하게 붙였다. "마취합니다"라는 말과 함께 주사를 놓았다. 나는 호흡을 채 두 번도 하지 못하고 잠 속으로 빠져들었다.

한 번도 본 적 없는, 보았어도 절대 기억할 수 없는 자궁을 빠져나오는 순간을 본다. 엄마의 자궁을 비집고 나오는 핏덩이가 나라는 사실은 누가 가르쳐주지 않아도 알 수 있다. 배가 고프고 화장실에 가고 싶은 감각을 느끼는 것처럼 자연스럽다. 짱구 머리에 동그란 눈, 흰 피부의 남자아이는 귀엽다. 어디를 가나 시선을 한 몸에 받는다. 초등학교에 들어가서는 선생님의 사랑을 독차지한다. 공부도 잘하고, 운동도 잘하고, 그림도 잘 그리고, 노래도 잘하고, 친구도 많다. 모범생에서 단 한 번도 이탈하지 않고 고등학교를 졸업한다. 우수한 성적으로 바라던 대학에 들어간다. 내가 보아도

잘생기고 예의바른 청년이다. 그 시기의 나는 행복해
보인다. 웃지 않아도 미소가 얼굴에 스며 있다. 소개팅
에서 만난 무용을 전공하는 여자친구를 바래다주는 길
이다. 오피스텔 입구에서 한참을 바닥만 보던 여자친
구가 "이제 들어갈게" 하고 뒤돌아선다. 나는 아쉬운
마음에 그 모습을 오래도록 바라본다.

　익숙한 모양의 차가 주차장으로 들어선다. 나는 본
능적으로 몸을 숨긴다. 차에서 아버지가 내린다. 꽃다
발과 케이크 상자를 든 아버지는 빠른 걸음으로 오피
스텔 안으로 들어간다. 나도 모르게 아버지를 쫓아간
다. 엘리베이터는 3층에 멈춘다. 나는 계단을 뛰어올
라 3층에 도착한다. 301호 문은 잠겨 있다. 뒤돌아서
서 302호 문을 돌린다. 문이 맥없이 열린다. 아버지와
낯선 여자가 한 덩어리가 되어 침대에서 뒹굴고 있다.
세상이 검게 변하고 파편처럼 흰빛이 튄다. 갑자기 눈
앞이 암흑으로 보인다. 어머니는 피를 흘리며 욕조 속
에 미라처럼 누워 있다. 나도 어머니처럼 손목을 긋는
다. 아버지는 피를 마시고 자라는 악마처럼 승승장구
한다. 돈과 명예를 탐욕스럽게 움켜쥔 손을 절대 놓지
않는다. 나는 내가 가진 것을 하나씩 버린다. 아버지를

버리고, 집을 버리고, 학교를 버리고, 친구를 버린다. 나에게는 화구 몇 개와 반지하 단칸방이 남는다. 분노 때문인지 눈이 튀어나올 것처럼 아프다. 통증은 머리에서 가슴으로 퍼져나간다. 호흡하기가 힘들다. 곧 숨이 넘어갈 것처럼 가슴이 팽창한다. 기계에서 위험을 알리는 사이렌이 요란하게 울린다.

　잠에서 깼는데, 전날 심하게 두들겨맞은 것처럼 온몸이 아팠다. 인상이 없는 남자가 나타나 응급 처치를 해주었다. 주사를 맞았더니 컨디션이 좋아졌다. 아픈 곳도 없어졌다.

　"잘하셨습니다. 김현수씨가 마음의 문을 열어주셔서 일이 쉬웠습니다."

　심한 모욕이라도 당한 것처럼 얼굴이 화끈거렸다. 숨기고 싶었던 치부가 이렇게 까발려졌다.

　"성장과정을 확실히 알면 자신의 성격도 알 수 있습니다. 김현수씨께서는 앞으로 '안녕하세요'라는 한마디를 하더라도 평범하게 하지 않을 겁니다. 인물의 배경과 성격을 확실히 안다면 그 인물에 맞는 '안녕하세요'는 세상에 단 하나뿐일 테니까요. 김현수씨의 '안녕하세요'는 어떤 것입니까?"

인상이 없는 남자가 얼굴을 변형시키더니 능글거리는 미소를 지었다.

"아버지의 비밀을 알기 전과 후의 김현수씨가 달랐듯이 자기소개서를 완성하기 전과 후의 김현수씨도 다르잖아요. 인사 한번 해보세요."

남자는 추악한 비밀을 약점 삼아 나를 우습게 보았다. 거만한 얼굴에 침을 뱉어주고 싶었다.

"닥쳐."

무표정하게 입만 조금 벌려 빠르게 내뱉었다.

"아주 잘하셨습니다. 자신의 처지와 상황에 맞게 행동하는 것이 포인트입니다. 김현수씨는 수강생이고 저는 일개 강사입니다. 돈을 내는 사람이 주눅들 필요는 없습니다. 돈을 받는 사람이 비굴해지는 게 맞는 것이죠. 강자에게는 약하게, 약자에게는 강하게. 이것만 기억하시면 됩니다. 우리 대박 오천만 연기학원 수료생들은 모두 이 사실을 가슴 깊이 새기고 있습니다. 그래서 모두 성공하는 것입니다."

두번째 단계는 가상현실 프로그램을 통해 실전 연기 연습을 하는 것이었다.

"이 시뮬레이션의 최종 목표는 제대로 된 일자리를 얻는 것입니다. 어떤 방법을 쓰든 상관없습니다. 일자리 약속을 받아내십시오. 그것이 목표입니다. 목표가 없는 시간은 죽은 시간입니다."

눈을 떠보니 M의 죽음을 듣게 된 날의 동창회 장소였다. 크리스털 유리잔을 포개놓은 듯한 외관에 밖에서도 내부가 들여다보이는 이색적인 건물이었다. 약속 장소는 5층의 VIP 전용 룸이었다. 포켓볼과 보드게임을 즐길 수 있는 공간이 한쪽에 있었고 책을 읽거나 회의실로 쓸 수 있는 공간이 따로 분리되어 있었다. 제대로 된 식사를 할 수 있었고 원하는 술을 마음껏 마실 수 있었다. 30여 명가량의 동창이 100평이 넘는 공간 여기저기에 흩어져 제각기 무언가를 하고 있었다.

동창회를 알리는 엽서는 등기로 배달되었다. 두 학기 만에 학교를 그만두었으니 엄밀하게 말하면 동창도 아니었다. 편의상 그렇게 불렀다. 게다가 교류하는 동창도 없었다. 그러므로 동창회 엽서가 나에게 올 이유가 없었다. 나는 순전히 어떤 경로로 우리집 주소를 알았느냐가 궁금해 동창회에 참석했다.

동창들이 내 주위에 둘러섰다. 나는 허기를 이기지

못하고 초밥 몇 개를 집어먹었다. 입안에서 부드럽게 사각거리는 싱싱한 초밥이었다. 초밥을 삼키기가 무섭게 질문이 쏟아졌다.

"떠돌이생활은 청산했지?"

"현수가 들개 전문 화가로 전업한 지가 언젠데, 넌 친구한테 관심도 없냐."

"설마 아직도 그걸 하고 있겠냐."

"녀석 몰골을 봐라. 동굴에서 마늘만 먹다 나온 놈 같다."

어떻게 동창들이 내 사생활을 꿰고 있는지 모를 일이었다. 나는 참을 수 없는 분노를 느꼈다. 심한 모욕을 당한 것처럼 쇄골부터 이마까지 벌겋게 상기되었다.

"누가 엽서 보냈어? 엽서 보낸 새끼 나와."

거의 스무 번쯤 같은 말을 반복해 소리쳤다. 이들 중 누군가 나에 대해 알고 소문을 냈다. 그리고 나를 이곳에 불렀다. 무엇 때문에? 윙윙윙, 벌 한 마리가 고막 근처에서 맴돌았다. 귓구멍이 막혔는지 아무 소리도 들리지 않았다.

"왜 저래?"

"야! 김현수. 왜 그래? 내 말 안 들려?"

동창들의 목소리가 멀리서 들리는 환청 같았다. 의식이 조금씩 흐려졌다. 숨을 들이쉬지 못했다. 동창들이 멱살을 잡아 흔들고 뺨을 때리고 소리를 질렀다. 동창 하나가 들고 있던 와인을 내 얼굴에 뿌렸다. 흰 티셔츠가 핏빛으로 물들었다. 나는 간신히 숨을 쉬었다. 첫 호흡 후 있는 힘껏 소리를 질렀다.

"우리집 주소는 어떻게 알았어? 다 필요 없고 엽서 보낸 놈 나와."

사이렌이 울리며 조명이 깜박였다. 화려한 바와 동창 녀석들은 사라지고 하늘색 스크린이 벽을 채운 빈 방이 나타났다.

"무엇이 문제인지 알겠습니까?"

"일자리 따윈 필요 없습니다. 저도 직업 있어요."

"보통 사람들은 그걸 아르바이트라고 하죠. 대중적이지도, 예술적이지도 않은 들개나 그리면서 편의점에서 계산이나 하다가 늙어 죽고 싶진 않겠죠? 그래서 이곳에 오지 않았나요?"

"다시 하겠습니다."

"김현수씨는 아무것도 하지 않아도 됐습니다. 강자

에게 약하게, 벌써 잊은 건 아니겠죠? 강자가 약자를
짓밟으면서 만족을 느끼는 줄 압니까. 천만에요. 강자
는 베풀 때 희열을 느낍니다."

벽에 설치된 스크린을 통해 내 연기를 모니터했다.
우리집 주소를 어떻게 알았느냐고 길길이 날뛰는 나를
지웠다. 그러자,

"낼모레면 우리도 마흔이다. 현수야, 너도 제대로 살
아야지. 내가 일자리 좀 알아봐줘?"

이름이 기억나지 않는 동창이 말했다.

선택적 경우의 수를 연습하라는 조언을 들었다. 선
택적 경우의 수는 어떤 상황에 처했을 때, 그 상황을 해
결할 수 있는 다양한 경우의 수를 생각해내고, 그 경우
의 수 중에 최적의 경우의 수를 찾아내는 것이었다. 상
대방이 내가 원하는 말을 할 수밖에 없는 상황으로 몰
고 가는 것인데, 그것은 그렇게 쉬운 일이 아니었다.
1, 2초 사이에 단편 희곡을 한 편 쓰는 것과 같았다. 나
는 헬멧 같은 기구를 쓰고 영상을 보며 연습했다. 남의
마음을 읽는 것이 포인트였다. 인간에 대한 깊이 있는
이해가 필요한 학문처럼 느껴졌다. 영상 속의 시간은
실제 시간보다 더 빨리 가는 것 같았다. 트레이닝을 마

쳤을 때는 눈을 뜰 힘조차 없을 정도로 피곤했다.

　카드기 불빛이 빠르게 깜박였다. 빨리 카드를 긁으라는 무언의 압박 같았다. 카드기의 금액란에는 숫자가 아닌 글자가 적혀 있었다.

　"매년 연봉의 1퍼센트와 한 달에 100통의 학원 홍보 메일 발송."

　1년에 십이만 원을 내고 매달 불법 스팸 메일 100통을 보내라고? 수능시험보다 훨씬 어려운 문제였다. 대학을 결정하는 일보다, 학과를 선택하는 일보다, 오늘 밤 어떤 프로그램을 보느냐보다 훨씬 어려웠다. 올바른 선택에는 시간이 필요한 법이었다. 하지만 카드기는 긴 시간을 주지 않았다. 카드기에 동그란 알람시계 그림이 나타났다. 60초의 시간이 주어졌다. 1초가 줄어들 때마다 째깍 소리가 났다.

　주의 사항에 수업을 이수하지 못할 경우에 발생하는 문제가 명시되어 있었다. "첫째는 사망, 둘째는 행방불명, 셋째는 정신착란을 일으킬 가능성이 있다"라고 되어 있었다. 삐 소리가 크게 울리면서 "10초 남았습니다"라는 기계음이 흘러나왔다. 나는 허둥대며 이름을 휘갈겼다.

좁은 직사각형 방이 나왔다. 킹사이즈 침대가 들어가면 딱 맞을 정도로 작은 방이었다. 방에 특별한 것은 없었다. 레이스가 달린 하늘색 원피스를 입은 꼬마가 토끼 인형을 가슴에 안고 바닥에 앉아 있었다.

"뭐냐, 넌?"

꼬마는 대답하지 않았다. 눈도 마주치지 않고 토끼 인형을 더욱 꼭 껴안았다. 손등에 물방울이 떨어졌다. 천장을 올려다보았다. 천장에서 물이 뚝뚝 떨어졌다. 방에서 나가려고 문을 열었지만 밖에서 잠긴 듯 꿈쩍도 하지 않았다. 별안간 공포가 밀려왔다.

"왜 이래? 너 말 좀 해봐."

꼬마는 미동도 없었다. 금세 방바닥에 물이 고였다. 연기를 가르친다고 했다. 성공할 수 있도록. 이번 단계를 통해 나에게 무엇을 가르치려는 것인지 모르겠지만 꼬마가 열쇠인 것은 분명해 보였다. 나는 최대한 부드럽게 말하려고 노력했다.

"아저씨가 마술 보여줄까?"

마침 주머니에 동전이 있기에 동전이 사라지는 간단한 마술을 보여주었다. 학창 시절 친구들과 곧잘 연습하던 것이었다.

"와아!"

영원히 입을 열지 않을 것 같던 꼬마가 탄성을 질렀다. 첫번째 단계에서 배운 것을 변형해 약자에게 친절하게 대하는 방법을 선택한 것이 먹힌 듯했다. 꼬마가 배시시 웃었다. 물은 벌써 복사뼈까지 차올랐다.

"지금 벽에서 물 새는 거 보이지. 이대로라면 우리는 곧 물에 잠길 거야. 여기서 빨리 나가야 해. 어떻게 해야 나갈 수 있어?"

"열쇠가 있어야 해."

"열쇠? 그렇지. 문이 잠겼으니까 열쇠가 있어야지. 혹시 열쇠 어디 있는지 알아?"

"당연하지."

"어디 있는데?"

"여기."

꼬마가 안고 있는 토끼 인형을 가리켰다.

"이리 줘."

토끼 인형을 잡아당겼다.

"싫어."

꼬마는 얼굴을 종잇장처럼 일그러뜨리더니 내 가슴을 확 밀쳤다. 힘이 얼마나 센지 밀려서 벽에 부딪쳐 쓰러졌다. 꼬마는 눈을 부라렸다. 꼬마에게서 열쇠를 받아내는 것이 이번 수업의 목표 같았다. 꼬마는 아무리 물어도 한마디도 하지 않았다. 손가락 하나로 밀어 넘어뜨릴 수 있을 정도니 양팔을 쓴다면 나를 짓이겨 하수구에 처박을 수도 있을 터였다. 물이 종아리까지 차올랐다. 꼬마는 나를 노려만 볼 뿐 미동도 없었다.

"강제로 인형을 뺏으려고 해서 화났구나. 미안. 여기서 나가려면 열쇠가 필요해서 그랬어. 여기 계속 있으면 너도 죽어. 그러니까 어서 열쇠 줘."

꼬마는 입을 삐죽였다.

"내가 왜 죽어? 죽는 건 아저씨지, 내가 아니야."

갑자기 양동이로 퍼붓듯이 물이 쏟아졌다. 순식간에 물이 허벅지까지 차올랐다. 꼬마는 앉아 있어서 목까지 물이 찼다.

"일어나. 그렇게 있으면 죽어."

"내가 죽으면 아저씨가 열쇠를 갖게 되잖아."

악마가 "그렇게 해"라고 내 귀에 속삭였다. 겨우 다섯 살이나 되었을까. 나 살자고 저 어린것을 죽게 내버려두어야 하나. 꼬마를 안아올리면 꼬마는 살 수 있었다. 하지만 열쇠를 내놓지는 않을 터였다. 나는 갈등했다. 고민하는 사이 물이 꼬마의 턱까지 찼다. 망설임 없이 꼬마를 안아올렸다. 꼬마는 곰 인형처럼 가벼웠고 반항도 하지 않았다. 나는 꼬마에게 호감을 사려고 최대한 친절하게 열쇠를 달라고 부탁했다. 어른이 어린이에게 말을 한다기보다는 어린이가 어른에게 조르는 것처럼 보였다. 꼬마는 토끼 인형을 더욱 꼭 끌어안았다. 물이 가슴까지 차올랐다. 쏟아지는 물의 양도 많아졌다. 첫번째 단계에서 배운 대로 약자에게는 강하게 나가야 할 때였다. 나는 돌변한 태도로 무섭게 소리쳤다.

"쪼그만 게 혼나볼래? 얼른 열쇠 내놔."

꼬마를 안고 있던 팔을 풀었다. 물속으로 곤두박질칠 줄 알았는데, 꼬마는 두 다리를 이용해 내 몸에 착 달라붙었다. 토끼 인형은 여전히 안고 있었다. 어떻게 해도 토끼 인형을 뺏을 수 없었다. 힘으로 꼬마를 당해낼 재간이 없었다.

"아저씨도 똑같아."

어둠 속에서 빛나는 고양잇과 동물의 눈처럼 꼬마의 눈에서 푸른 광채가 돌았다. 소름이 끼치도록 무섭고 끔찍했다. 꼬마는 점점 강하게 내 몸을 조여왔다. 다리

힘이 얼마나 센지 허리가 두 동강이 날 것처럼 극심한 통증이 밀려왔다. 벗어나려고 제아무리 발버둥쳐도 소용없었다. 죽을 것처럼 괴로웠다.

물이 꼬마의 머리까지 차올랐다. 꼬마는 숨이 막히는지 경련을 일으키며 몸을 파르르 떨었다. 그러더니 움직임이 둔해졌다. 허리를 강하게 조이던 힘이 사라지자 숨을 쉬기가 편해졌다. 한숨 돌린 것도 잠시, 물이 입술까지 차올랐다. 사고력은 마비되었고 공포가 이성을 장악했다. 이 미친 게임을 하려고 여기까지 온 것이 아니었다. 여기서 죽고 싶지 않았다. 살아남아서 멋진 인생을 살고 싶었다. 늙어 죽음의 문턱에서 후회하지 않고 편히 눈감고 싶었다. 호흡할 때마다 산소보다 물이 더 많이 코로 들어왔다. 까치발을 들고 숨을 크게 들이쉰 다음 고개를 물속에 넣었다. 꼬마는 토끼 인형을 안고 여전히 내 가슴에 달라붙어 있었다. 눈을 감고 있었는데, 죽었는지 살았는지 알 길이 없었다. 나는 토끼 인형을 냅다 잡아당겼다. 토끼 인형은 빠지지 않았다. 숨이 찼다. 곧 기절할 것만 같았다. 그만 꼬마가 죽어버렸으면 싶었다.

"나는 안 죽는다고 했잖아."

꼬마가 눈을 치켜떴다. 꼬마의 귀 뒤에 아가미가 한껏 부풀어올라 있는 것이 보였다. 긴 머리카락이 아가미를 숨기고 있었다. 꼬마는 수중에서도 호흡할 수 있는 것이 분명했다. 숨을 쉬지 못하자 가슴이 터질 듯했다. 머지않아 정신을 잃고 익사하고 말 터였다. 아무리 연기를 잘해도 어쩔 수 없는 일이 있다고 했다. 그럴 때는 순발력 있게 다음 행동을 찾으라고 했다. 두번째 단계에서 배운 선택적 경우의 수를 계산했다. 생각할 것도 없이 선택적 경우의 수는 단 하나였다.

'이건 사람이 아니야.'

나는 꼬마의 여린 목덜미를 양손으로 잡았다. 작은 목이 가녀리게 떨렸다. 처음에는 목을 조르려고 했지만 곧 마음을 바꾸어 옆으로 비틀었다. 꼬마의 목이 초코바처럼 쉽게 부러졌다. 울음은 입 밖으로 터져나오지 못하고 코와 성대와 가슴을 울렸다. 숨이 막혀 머릿속이 붉게 변하는 것 같았다. 재빨리 토끼 인형의 배에서 열쇠를 꺼냈다. 곧장 몸을 돌려 손잡이를 잡고 손의 감각만으로 열쇠를 넣고 돌렸다. 문이 열리는 짤깍 소리를 듣고 기절했다.

정신이 돌아왔을 때 나는 처음의 거대한 책상이 있

는 방에 서 있었다. 얼굴과 나이를 정확히 알 수 없는 여자가 의자에 앉아 나를 올려다보고 있었다.

"내가 사람을 죽였어요. 그것도 어린아이를."

"흥분하지 말아요. 시뮬레이션 프로그램일 뿐입니다."

"시뮬레이션이든 아니든 내가 사람을 죽였다고요. 중요한 건 내가 사람을 죽일 수도 있는 인간이라는 겁니다."

"완벽한 인물이 된다는 것은 결코 쉬운 일이 아닙니다."

"결국 당신네가 가르치는 게 이거였어요? 목적을 위해서는 수단, 방법을 가리지 마라."

"매 순간 생각하십시오. 지금 왜 이 자리에 있는지를. 무의미한 시간은 없습니다. 무의미한 공간도 없지요. 원하는 게 없으면 얻는 것도 없습니다. 연기를 멈추지 않는 게 중요합니다."

겨우 이성을 차렸다.

"올바른 방법으로 성공한 사람이 더 많습니다."

"옳고 그름은 누가 판단하죠? 간암 말기 환자에게 초기라 수술만 하면 살 수 있다고 거짓말한 의사는 선한 사람이고, 내연녀와 밤을 보내고 돌아와 아내에게 상갓집에 갔었다고 말하는 남편은 악한 사람입니까?"

나는 할말이 없었다. 흥분해서 경우의 수 따위는 머리에 떠오르지 않았다.

"사람이 하루 동안 거짓말을 몇 번이나 하는지 압니까? 본인이 미처 깨닫지도 못한 채 거짓말을 합니다. 인간은 배우지 않아도 본능적으로 연기를 하게 되어 있습니다. 거짓말을 전혀 하지 않는 사람, 진실만을 말하는 사람, 마음속에 있는 것을 여과 없이 그대로 보여주는 사람은 어떨까요? 솔직하고, 진실하고, 성실하다고 모든 사람의 사랑을 받을까요? 진정한 의미에서의 진실은 이 세상에 존재하지 않습니다."

"난 왜 여기 있습니까?"

"답을 알면서 타인에게 물어보는 건 인간들의 오랜 습성이지요. 이번 세번째 단계에서는 행동하라고 조언해주고 싶습니다."

여자의 얼굴은 이 순간에도 계속해서 변화했다. 웃는 얼굴이 이내 우는 얼굴이 되었다가 놀라는 얼굴, 화난 얼굴, 성난 얼굴, 무표정한 얼굴로 얼굴 근육이 늘어났다, 줄어들었다, 부풀었다를 반복했다. 여자는 타인에게 자신의 감정을 들키지 않으려고 얼굴 근육을 끊임없이 움직였다.

M의 기사 맨 끝부분에는 이렇게 적혀 있었다.

M과 절친이었던 K는 M과 상당히 유사한 성장과정을 거쳤지만 대학을 중퇴한 후 히키코모리로 전락하고 말았다. 대학 입학 전까지 K의 삶은 성공한 사람의 전형이었다. 최종 목표인 대법관이 되기 위해 완벽한 연기를 했다. 그 시기 K는 자존심에 큰 상처를 입었다. 부장검사였던 아버지의 치부를 목격한 것이었다. K의 아버지는 타의 모범이 될 만큼 연기를 잘하는 성실한 사람이었다. 뇌물을 받거나 세컨드를 만드는 일은 성공한 사람들이 의례적으로 하는 연기 중 하나였다. 하나 K는 그 사실을 받아들이지도, 극복하지도 못하고 중심에서 튕겨나갔다. 지병으로 오랫동안 고생했던 어머니가 아버지의 외도 사실을 알고 자살한 것이 결정적인 계기였다. 성공하려는 사람들은 K의 비극에서 많은 것을 배워야 한다.

"K는 저를 가리키는 거죠?"

"……."

기사에서 M의 사인은 심장마비가 아닌 과다 출혈로 되어 있었다. 완벽한 성형외과 의사 M의 신체 부위 중 완벽하지 않은 곳이 딱 한 군데 있었는데, 바로 손목이었다. M은 원래 뼈가 굵었다. 소위 말하는 통뼈였다. 특히 손목이 굵었는데, 보디빌더나 원반던지기 선수의 팔이라고 해도 믿을 만큼 굵었다. 섬세하게 보여야 하는 성형외과 의사의 손목으로는 빵점짜리였다. M은 손목마저도 완벽해지고 싶었다. 그것이 목숨을 담보로 할 만큼 위험한 것일지라도.

"M은 누구죠?"

"M은 성공한 인생을 연기한 훌륭한 배우였습니다."

"M이 접니까? 인생의 경우의 수 중 하나가 바로 M이었던 겁니까?"

여자는 대꾸하지 않았다.

"저는 여기서 가르치는 방식으로 살지 않을 겁니다."

"선택은 김현수씨의 몫입니다. 제가 처음에 말하지 않았습니까. 김현수씨는 이곳을 수료한 그 누구보다 성공한 삶을 살 거라고요. 행운을 빕니다."

형광 오렌지색 화살표를 따라 헤엄쳐나온 곳은 한강 기슭이었다. 낚시를 즐기는 중년 남자들이 여럿 있었다. 다들 황당하다는 표정으로 나를 쳐다보았다.

"왜 거기서 나와요?"

"쉿! 아저씨, 조용히 하세요. 촬영중이에요. 카메라맨들이 저기 차에 숨어서 찍고 있어요."

"그래요? 어디?"

"고개 돌리지 마세요. NG 나거든요. 그냥 모르는 척하고 계속 낚시하세요."

미친놈 보듯 하던 아저씨들의 눈에 동경과 놀람이 가득했다. 등뒤로 고개를 돌려 카메라가 어디 숨어 있는지 확인하고 싶은 표정이 역력했다. 다들 욕망을 참으며 낚시에 집중하는 척하는 모습이 안쓰럽기까지 했다. 이상하게 옷은 전혀 젖지 않았다. 손으로 대충 옷매무새를 매만지며 걸었다.

지하철역에 도착했다. 다양한 사람들이 있었다. 사람들의 시선이 나에게 집중되는 것을 느꼈다. "저 사람 좀 봐" 하고 커다랗게 소리치는 사람도 있었다.

"웬 수경이야? 정신이 온전치 못한 건가."

옆에 선 어르신이 말했다. 수경을 쓰고 있는 것에 익

숙해져 쓰고 있는지도 몰랐다. 당황하는 것도 잠시, 컴퓨터가 돌아가는 것처럼 머릿속에서 선택적 경우의 수를 계산했다. 내가 취할 수 있는 행동이 다섯 가지로 압축되었다. 그중에서 가장 적절한 행동을 선택했다. 내가 할 대사를 작성하고 상대방이 대답할 대사의 경우의 수를 또 계산했다. 대사할 때 가장 적절한 몸짓과 목소리 톤과 눈빛을 정했다. 원고지 한 장 분량의 대본을 머릿속에 완성하는 데 약 2, 3초가 걸렸다. 나는 "웬 수경이야?"라고 한 어르신에게 말했다.

"희귀병이에요. 더러운 공기가 안구를 자극하면 치명적이거든요. 실명할 수도 있어요. 그리고 이건 수경이 아니라 미국 나사에서 특수 제작한 보호안경이에요. 우주인들도 이 안경을 써서 눈을 보호한답니다. 우주에는 오존층이 없어서 자외선이 엄청 강하거든요."

우리가 나누는 대화를 몰래 듣고 있던 사람들의 표정이 혐오에서 동경으로 바뀌었다. 어르신이 힘내라고 위로의 말을 건넸다. 나는 조금 우울한 표정을 짓다가 쾌활하게 웃으며 "고맙습니다"라고 대꾸했다.

"엄청 좋은 안경이다."

현장학습을 다녀오는 어린이들이 외쳤다. 다들 수경

을 가까이서 보려고 다가왔다. 휴대전화를 들고 찍으려는 사람도 있었다. 인간의 삶은 몇 안 되는 경우의 수의 변형일 뿐이다. 성공과 실패, 진실과 거짓은 백지장의 앞뒷면이 아니라 애초에 하나가 아니었을까.

"형, 형의 팬 카페를 만들고 싶어요."

저만치서 고등학생으로 보이는 서너 명의 남학생이 소리치며 사람들을 뚫고 달려왔다. 나는 서둘러 지하철에 올랐다.

유리가면

소극장 무대 조명이 서서히 꺼지면 슈베르트의 현악 4중주 〈죽음과 소녀〉가 나지막이 흐른다. 암전 상태에서 숨이 끊어질 듯 바이올린이 절정을 향해 파르르 떨린다.

　"스타가 되고 싶어요."

　"나에게 뭘 줄 건데?"

　"시간이요. 저의 시간을 전부 드릴게요."

　"시간 따위 어디에 쓰라고?"

　"그렇다면, 이 유리가면을 드릴게요."

　막이 오르고 눈이 시리도록 하얀 네모난 방이 나타

난다. 무대는 침대를 제외한 일체의 대소도구 없이 텅 비어 있고 객석 정면에는 거대한 앤틱풍 거울이 걸려 있다.

"당신의 시간을 삽니다."

주문을 외우듯 보이지 않는 배우가 몽롱하고 끈적이게 대사를 읊조린다. 거울은 얇은 알루미늄 포일처럼 반짝거린다. 손끝이 닿기라도 하면 바스락거리는 소리를 내며 곧 부서질 것만 같다. 까만 거울 내부에서 하얀 점이 꿈틀거린다. 물고기가 어항 속을 헤엄치는 것처럼 유연하고 빠르다. 하얀 점이 조금씩 돌출되더니 거울 속에서 쏙 빠져나온다. 하얀 나비가 날개를 펴고 날아오른다. 무대 상수 부분에서 무언가 꿈틀거린다. 하얀 자루가 꼬물거린다. 일어난다. 흰옷을 입고, 흰 운동화를 신고, 목과 손을 하얗게 칠한 배우가 유리가면을 쓰고 무대 중앙으로 걸어나온다.

"당신의 시간을 삽니다."

거울의 내부가 커다란 입으로 변한다. 혜정의 목구멍에서 남성의 소리가 새어나온다.

"신혜정, 이제 너의 시간은 모두 내 것이다."

혜정의 자지러지는 웃음소리가 극장에 울린다. 숨이

넘어갈 것처럼 극장이 무너져내릴 듯 큰 소리로 오래 도록 웃어젖힌다. 혜정을 비추는 탑 조명 주변으로 수만 개의 먼지가 부유한다. 순간 웃음을 멈춘 혜정이 객석으로 몸을 돌린다. 유리가면을 벗은 혜정의 얼굴이 흘러내린다. 밀가루 반죽에 물이 많이 들어간 것처럼, 봄날 눈사람이 녹아내리는 것처럼 살덩어리들이 바닥으로 줄줄 흐른다.

"아! 아! 아!"

비명은 마치 소프라노의 노래처럼 리듬이 있다. 유리가면이 바닥으로 떨어지며 요란한 소리를 낸다. 박살날 줄 알았던 유리가면은 흠집 없이 그대로다.

"혜정아, 이번이 끝이야. 한 번만 더 하자. 앞트임하고 저번에 코에 넣었던 실리콘은 제거하는 게 나을 것 같아. 내 말 듣고 있니?"

여기서부터 대사를 정확하게 들을 수 없다. 눈, 코, 입, 가슴, 지방 흡입, 양악, 치아 교정 등의 단어가 반복된다. 어떤 소리는 정확하게, 또다른 소리는 겹치면서 라디오에서 흘러나오는 잡음 같다. 여러 가지 가면을 바꾸어 쓰던 혜정이 머리를 흔들며 귀를 틀어막는다.

"알았다고. 수술비 빌려오면 되는 거지."

무대 벽면에 설치된 스크린에 영상이 투사된다. 꽃무늬 튜브톱 원피스를 입은 혜정이 사채 사무실로 들어간다. 김사장이 벌떡 일어난다.

"미스 줄리엣 신혜정씨, 정말 잘 오셨습니다."

"영화배우 신혜정이라고 불러주세요."

사장이 과장되게 한참을 웃는다.

"돈이 필요하시다고요? 상금으로 꽤 많은 돈을 받으셨을 텐데."

혜정은 상당히 불쾌해한다. "다른 곳을 알아보죠"라며 돌아선다. 김사장이 혜정의 팔을 잡는다.

"제가 말실수했네요. 앉아서 천천히 이야기합시다."

김사장은 사람 좋게 웃는다. 혜정은 못 이기는 척 자리에 앉는다. 김사장이 서류를 보여주며 뭐라고 이야기하는데, 소리는 들리지 않는다. 화면이 3배속으로 빨라진다. 순식간에 쌓였던 서류를 훑고 김사장이 서류를 내민다. 혜정이 빠르게 사인한다.

무대에 조명이 들어오면 흰나비 한 마리가 날아다닌다. 혜정이 멍하니 나비를 쳐다본다. 유리가면이 속삭인다.

"한 번만 더 하자."

"듣기 싫어."

"언제까지 이렇게 구질구질하게 살래?"

"싫어, 싫어, 싫어. 얼굴에 손대는 건 이제 정말 싫다고. 그리고 돈도 없어."

"내 얘기 안 듣고 까이기만 해. 그때 돼서 울고불고 해봐야 소용없어."

혜정은 귀를 막고 머리를 다리 사이에 깊숙이 처박는다. 더는 움직이지 않는다. 흰나비 한 마리가 날아다닌다. 유리가면은 강철보다 더 차갑게 빛난다.

바란스 커튼과 침대 소파, 커다란 곰 인형이 놓인 원룸이다. 혜정은 콧노래를 흥얼거리며 침대에 쌓인 옷을 들고 거울에 비추어본다. 갑자기 옷을 침대에 던지고 립스틱을 바꾸어 바른다. 전화벨이 울린다. 급하게 가방을 뒤진다. 휴대전화가 보이지 않는지 신경질적으로 내용물을 바닥에 쏟는다. 비타민, 구강청정제, 영화표, 제본된 시나리오, 지폐 몇 장과 동전, 손거울과 파우더, 작은 핀과 갖가지 명함이 휴대전화와 함께 쏟아진다. 캑캑거리며 목소리를 가다듬고 전화를 받는다.

침착하고 지적으로.

"여보세요?"

얼굴 가득 웃음이 번지면서 애교 섞인 코맹맹이 목소리로 급하게 바꾸어 말한다.

"준비는 다 됐어요."

혜정의 얼굴이 어두워진다. 목소리가 가라앉는다.

"무슨 말씀이세요? 이번에는 확실하다고…… 그러니까, 그런 게 아니라, 최실장님이…… 뭐라고요? 그럴 리가…….''

말끝을 흐리며 휴대전화를 놓친다.

"혜정아, 오빠만 믿으면 된다고 했지. 큰 거 한 장이다. 잠깐, 혜정이는 오빠 배신 안 할 거지? 경애 년처럼 배신하면 안 된다. 그때는 너 죽고 나 죽는 거야."

"최실장 이 새끼가 결국 돈만 먹고 튄 거야."

혜정이 유리가면을 얼굴에 대본다. 맞춤한 것처럼 딱 들어맞는다.

"너만은 나 배신 안 할 거지?"

유리가면이 형광등 빛을 받아 반짝인다.

유리가면을 쓴 혜정이 무대 위에서 독백한다.

"내가 어렸을 때, 동네 사람들이 눈웃음치는 날 보고

말했대. '크면 남자 여럿 울리겠네.' 엄만 사람들한테 이렇게 말했어. '그런 걸 끼라고 하는 거죠. 우리 아인 아주 유명한 배우가 될 거예요. 지금 텔레비전에 나오는 배우는 비할 바가 아니죠.'

네 살 때부터 발레와 피아노를 배웠어. 교회 성가대에서 노랠 했고 성탄절 연극에서 마리아 역을 독식했지. 엄만 단 한 번도 공부하란 소릴 하지 않았어. 대신 얼굴 타니까 밖에 나가서 놀지 마라. 살찌니까 밥 좀 그만 먹어라, 방학 동안 성형수술 하자라며 날 괴롭혔어. 엄만 여배우가 사투리를 쓰는 일은 있을 수 없다며 친구와 놀지 못하게 했어. 부산에서 태어나고 자랐으면서 완벽하게 서울말을 구사할 수 있는 이유가 바로 그거야.

엄만 하루에도 몇 번씩 이렇게 말했어. '혜정이는 스타가 될 거야. 이 세상에서 가장 아름답고 화려하고 멋진 인생을 사는 스타.' 종일 켜져 있는 텔레비전에서 스타를 봤어. 몸은 삐쩍 마르고, 눈은 왕구슬처럼 크고, 턱은 뾰족한 것이 꼭 바비 인형같이 생겼어. 그들을 보며 난 상상했지. 바비 인형의 몸과 얼굴을 한 내가 명품을 휘두르고 서울과 도쿄, 뉴욕의 거리를 활보하는 거야. 그러면 팬들이 나를 보려고 구름떼처럼 몰려들겠지.

'텔레비전에 내가 나왔으면 정말 좋겠네, 정말 좋겠네.'

그래, 난 스타가 될 거야. 대중 앞에서 노래를 부를 거야. 춤을 출 거야. 연기할 거야. 그들의 여신이 되는 거야. 모든 이가 내 발 앞에 머리를 조아리겠지. 난 그들의 스타니까. 스타, 스타, 스타. 하늘의 별이 지상에서 반짝이는 거야. 천상의 여신이 인간 세상으로 내려온 격이지. 지상에서 탄생한 별이 바로 나야."

최실장한테 전화가 왔다. 예능 프로그램에 출연하게 해주겠다며 돈을 챙겨서 잠적한 지 6개월 만이었다.

"또 무슨 사기를 치시려고."

그는 흥분한 상태였다.

"시시한 단역에 목숨 걸지 말고 기다리라고 했지. 박감독이 이번에 세계 진출을 목표로 영화 준비중인 거 알지?"

"할리우드에서 올 로케이션으로 촬영한다는 그 작품?"

혜정은 환호한다. 최실장이 저번에 사기를 친 건 그 냥 넘어가기로 한다. 끝이 좋으면 다 좋은 거니까.

"내가 힘을 써서 오디션 볼 수 있게 해놨어. 혜정이 가 프로필이 많이 약해. 하지만 걱정할 거 없어. 내가 있잖아. 확실한 소식통한테 들은 얘긴데, 박감독이 이 번 영화에서 주인공은 참신하게 신인으로 쓰고 싶다고 말했다는 거야. 어때? 한 장이면 될 거 같은데."

혜정은 다시 김사장의 사무실을 찾아간다. 김사장은 계산기를 두드리고 있다.

"21세기에 계산기가 웬일이에요?"

"계산기보다 주판이 더 빠르긴 하지. 근데 주판이 깨 져서 말이야."

김사장이 서랍에서 깨진 주판을 꺼낸다. 주판은 박 살이 나 알이 반쯤 빠지고 없다. 주판에 검붉은 얼룩이 묻었는데, 피 같다.

"그래, 미래의 스타가 또 무슨 일이신가?"

피 묻은 주판을 본 혜정은 심리가 위축되어 김사장 과 눈을 마주치지 못한다.

"돈 좀."

혜정이 힘겹게 말한다.

"뭐라고?"

"돈 좀 빌려주세요."

"네가 처음 이곳에 왔을 때 분명하게 말했지. 이자는 신경써서 꼬박꼬박 갚으라고. 너한테 더는 빌려줄 돈 없어. 마빡에 주판알 박히기 싫으면 이자 내놓고 당장 사무실에서 나가."

혜정은 손톱을 물어뜯으며 한동안 생각하다가 발작을 일으키듯 소리친다.

"신체 포기 각서 쓸게요. 그럼 되는 거죠."

"그런 말은 도대체 어디서 들은 거니?"

"텔레비전이요. 연기 연습하느라 많이 보는데요, 사채업자들은 이 말 한마디면 돈 다 빌려주던데요."

김사장은 한쪽 입가를 비틀어 올려 씁쓸하게 미소짓는다. 서랍에서 서류 한 장을 꺼낸다.

"사인해. 돈 못 갚으면 네 몸은 내 거야."

"걱정하지 마세요. 캐스팅만 되면 계약금으로 원금까지 한 방에 다 갚을 거니까요."

혜정이 백치처럼 웃으며 서류를 확인도 안 하고 급하게 사인한다.

영화 〈불멸의 남자〉 공개 오디션이라는 대형 현수막이 걸린다. 세 개의 책상에 두 명의 남자와 한 명의 여자가 앉아 프로필을 훑어보고 있다. 객석 정면에는 여러 대의 모니터가 설치되어 있다. 두세 명의 스태프가 왔다갔다한다. 투자자인 정사장이 볼펜으로 책상을 톡톡 두드린다. 상석에 앉은 박감독이 말한다.

"시작하지."

화려한 의상을 입은 '톱스타'가 매니저와 함께 들어온다. '톱스타'의 얼굴이 모니터에 다각도로 잡힌다. '톱스타'는 건성으로 인사하고 매니저가 의자를 요구한다. 스태프 중 한 명이 의자를 가지고 들어온다. 매니저가 '톱스타'를 의자에 앉힌다. 정사장이 말한다.

"얼굴 예쁘고, 몸매도 죽여주고, 대중들에게 인기 많고 좋잖아. 더 볼 것도 없어. 최작가, 안 그래?"

정사장이 옆자리에 앉은 최작가에게 동의를 구한다.

"정사장님, 볼펜 좀 그만 치세요."

최작가가 톡 쏘아붙인다. '톱스타'를 밀던 정사장은 입을 닫는다. 박감독은 아무 말이 없다.

"오빠, 지금 이게 무슨 상황이야?"

'톱스타'가 짜증을 부린다.

"잠깐만."

매니저가 '톱스타'를 다독인다. 매니저는 갈색 페라가모 손가방을 왼손에서 오른손으로 바꾸어 든다.

"박감독님, 이건 예의가 아니죠. 톱스타가 오디션 보는 거 봤습니까?"

박감독이 치고 나간다.

"오디션 보러 온 게 아니면 왜 오셨나요?"

그 누구도 섣불리 나서지 않는다. 누군가의 침 삼키는 소리가 요란하게 들린다. '톱스타'가 의자를 박차고 나간다. 매니저는 "이 영화 얼마나 잘되나봅시다"라고 악담을 퍼붓고는 '톱스타'를 급하게 따라나간다.

곧이어 '연극'이 들어온다. 자기소개를 마치고 지정 연기를 한다. 박감독이 특기를 묻는다. '연극'은 기다렸다는 듯이 노래를 부른다. 최작가의 요구로 실연당한 여자를 즉흥극으로 연기한다. 최작가가 관심을 보인다.

"연극을 하신다더니 연기를 곧잘 하시네요."

박감독과 최작가 서로 마주보고 만족한 표정을 짓는다. '연극'이 나가고 정사장은 대놓고 툴툴거린다.

"마스크가 너무 딸려. 이래서 흥행할 수 있겠어요?"

"주인공인데, 연기력이 중요하죠."

"제작비 회수는?"

박감독과 정사장의 대립이 극에 달한다. 최작가가 중재한다.

"한 분 더 계시잖아요. 보고 결정하죠."

혜정이 들어온다. 혜정의 얼굴이 크기별로 모니터에 잡힌다. 박감독은 모니터에 비친 혜정의 얼굴을 한동안 쳐다본다. 혜정이 느긋하게 "시작할까요?"라고 묻는다. 박감독이 고개를 끄떡인다. 혜정은 유리가면을 쓰고 지정 연기와 자유 연기까지 매끄럽게 마친다.

"정말 최고예요. 어쩜 연기를 이렇게 잘하세요?"

최작가가 감탄하며 소리친다. 박감독이 묻는다.

"유리가면을 쓰고 연기하는 특별한 이유라도 있습니까?"

"얼굴을 가리면 내가 누군지, 무엇 때문에 이 자리에 서 있는지를 잊게 돼요. 나를 잊을수록 배역에 더 몰입할 수 있고요."

"그렇다고 유리가면을 쓰고 촬영할 수는 없지."

정사장이 비아냥댄다.

"10분 정도 유리가면을 쓰고 명상하며 스스로 최면

을 걸어요. 그걸로 연기 준비는 끝이죠."

　유리가면이 말을 한다고는 하지 않았다. 그 이야기를 하면 다들 미쳤다고 생각할 것이다.

　"특기는 없어요?"

　혜정이 롱코트를 벗는다. 롱코트 안에 밸리댄스 의상을 입고 있다. 혜정은 요염하고 매력적으로 밸리댄스를 춘다. 만족한 표정의 박감독이 혜정에게 카메라를 보고 이름과 연락처를 남기라고 말한다.

　박감독의 전화를 받은 혜정은 깊은 고민에 빠진다. 지금 나오라는데, 일 때문은 아닌 듯하다.

　"너의 가장 큰 문제점이 뭔지 아니?"

　"뭔데?"

　"대책 없이 느긋하다는 거야."

　혜정은 쓰고 있던 유리가면을 벗어 던진다.

　"나도 다 생각이 있어."

　유리가면이 차갑게 반짝거린다.

　"내 말 듣고 빨리 클럽에 가봐. 박감독님이 기다리시잖아."

　"내가 알아서 한다고."

"어련하시겠어. 평생 엑스트라, 단역만 하다가 늙어 죽어라."

사이키 조명과 시끄러운 음악이 흐르는 클럽이다. 빠른 음악에 맞추어 슬로모션으로 춤을 추는 배우들 틈에서 혜정만이 정상적인 속도로 춤을 춘다. 혜정이 무대 위에서 도드라져 보인다. 박감독이 옆으로 다가온다. 혜정이 박감독을 유혹하듯 춤을 춘다. 혜정은 가슴을 가볍게 좌우로 흔들며 박감독의 코앞까지 바싹 가져다댄다. 흥분한 박감독이 혜정의 엉덩이를 움켜잡는다. 혜정이 박감독의 뺨을 때린다. 음악이 멈추고 배우들이 동작을 멈춘다.

"저질. 감히 어디다 손을 대."

음악이 켜지고 다시 배우들이 춤을 춘다. 박감독이 스테이지를 내려가는 혜정을 돌려세우더니 뺨을 거칠게 후려친다. 실크 블라우스를 찢고 구석으로 밀어 넘어뜨린다.

"네까짓 게 도대체 뭐야? 오냐오냐했더니 하늘 높은 줄 모르고 날뛰는 꼴이라니."

박감독이 과장된 동작으로 손을 높이 쳐들고 스톱

모션. 혜정은 찢어진 옷으로 가슴을 가리려 한다. 미세하게 흐느끼는 소리가 들린다. 천장에서 무대 위로 여러 개의 가면이 내려온다. 배우들이 가면으로 얼굴을 가리고 말한다.

"배우라면 자신을 버릴 줄도 알아야지."

"스폰서 한둘 없는 톱스타가 어디 있어."

"기회는 두 번 오지 않아."

"뭘 망설이는 거야? 어서 호텔 방으로 가봐. 그곳에 골든 키가 숨겨져 있어."

모든 배우가 합창으로 "어서 가, 빨리 가"라고 연호한다. 사뭇 위협적이다.

"싫어."

혜정이 소리친다. 무대의 모든 배우가 사라지고 그녀만 남는다. 최실장이 비아냥거린다.

"기회를 차버린 건 너야. 누구도 원망 마."

혜정이 이를 악물고 낮게 뇌까린다.

"사기꾼. 넌 날 속였어. 내 돈 내놔."

"박감독 비위 하나 못 맞춰서 일을 망친 게 누군데 그래. 사기꾼? 말 함부로 하지 마. 헛소리하고 다니면 쥐도 새도 모르게 죽여버릴 테니까."

혜정이 옷장을 뒤진다. 중고로 팔 만한 명품을 쇼핑백에 담는다. 김사장이 화가 단단히 나 있다. 원금은커녕 이자조차 갚지 않고 전화를 피했더니 죽이겠다는 협박을 해온다. 초인종이 시끄럽게 울린다. 결국 올 것이 오고 만 것이다. 혜정은 현관문을 보다가 다급하게 전화를 건다.

"아빠, 돈이 급한데, 어떻게 오천만 구할 수 없을까? 그것도 못 해줘. 그 돈 없으면 나 죽어. 딸이 죽는데도 안 돼? 됐어. 다 필요 없어. 나랑 연락 안 되면 죽은 줄 알아. 아빠가 나 죽인 거야. 엄마를 죽인 것처럼."

혜정은 신경질적으로 휴대전화를 집어 던진다. 영화에서는 이럴 때 아빠가 무슨 짓을 해서라도 돈을 마련해준다. 영화와 다른 전개에 혜정은 당황한다. 문이 부서지는 소리가 들린다. 건장한 청년 셋이 들이닥친다. 남자들은 혜정의 물건을 함부로 뒤진다. 남자 중 가장 험하게 생긴 이가 칼을 뽑아든다.

"휴대전화도 안 받고 문도 안 열어주고, 꼭꼭 숨어 있으면 우리가 못 찾을 줄 알았나보지?"

남자는 혜정의 턱을 움켜쥐고 칼을 뺨에 가져다댄다. 혜정은 자신의 얼굴에 칼을 대는 남자를 보고 미소

짓는다. 영화에서는 이럴 때 로맨스가 생긴다. 조직의 이인자가 보스를 죽이고 위험에 빠진 주인공을 구해낸다. 사채를 갚을 필요도 없다.

"뭐야 이거. 미쳤나."

남자가 의아해한다.

"내일이다. 12시까지 돈 못 갚으면 넌 바로 지옥행이야."

남자가 혜정의 배를 가르는 흉내를 낸다. 남자가 "가자"라고 소리친다. 혜정은 다리에 힘이 풀려 그대로 주저앉고 만다.

"호텔로 가지 그랬어. 내 말 안 듣더니 꼴좋다."

"듣기 싫어."

"네가 내 말 들어서 손해본 거 있어?"

"입 닥치지 못해. 확 깨버리기 전에."

텔레비전에서 광고 방송이 흘러나온다.

제1회 웰빙슈퍼스타 선발대회. 대상 상금 일억 원의 주인공을 기다립니다.

혜정이 천천히 텔레비전에 시선을 고정한다.

"저거야!"

유리가면이 반짝거린다.

"네 말이 맞아."

선글라스를 쓴 혜정이 고개를 빳빳이 세우고 김사장의 사무실에 들어간다. 김사장은 아주 반가운 손님을 맞은 것처럼 자리에서 벌떡 일어나며 "이게 누구신가? 미래의 톱스타. 이자는 가지고 오셨나?"라고 능글맞게 말한다.

"돈이 더 필요해요."

"이게 미쳤나?"

김사장이 혜정의 머리채를 잡는다.

"사장님이 손해볼 일은 없어요."

전속계약서를 들이미는 혜정을 김사장이 묘한 눈길로 쳐다본다.

경쾌한 음악이 흐른다. 혜정은 무대 중앙에서 흐느적거리며 춤을 춘다. 어쩐지 어색하다. 혜정의 몸 구석구석이 실로 묶여 있다. 검은색 옷을 입은 배우들이 무대 여기저기 배치되어 있다. 조명이 어두워 배우들의 몸은 잘 보이지 않고 야광 장갑을 낀 손만 뚜렷하게 보인다. 혜정은 꼭두각시 인형처럼 조종당한다. 야광 손이 실수하면서 실이 엉망으로 꼬이고 혜정은 바닥에 쓰러진다. 혜정의 얼굴이 일그러진다. 야광 손이 움찔한다. 혜정의 양쪽 입술을 고정한 실이 팽팽해진다. 혜정의 입술이 찢어지며 웃는 모양이 된다.

"이게 무슨 꼴이야. 웰빙슈퍼스타 대상만 받았어봐. 이런 험한 일 안 해도 됐을 거 아냐."

"동상이 뭐가 어때서. 넌 닥치고 있어."

혜정은 유리가면을 상자에 넣은 뒤 테이프로 봉한다.

이국적인 해안으로 배경이 바뀐다. 비키니를 입은 혜정이 화보 촬영을 하고 있다. 혜정은 해변에서 포즈를 취하거나 청록색의 바닷속을 수영한다. 비키니 차림으로 조개 모양의 집에 누워 있거나, 손바닥만한 막대사탕으로 가슴골을 가리는 사진을 촬영한다. 김사장이 나타난다.

"시간 없어. 빨리빨리 끝내고 케이블 방송사로 이동해야지."

"그 프로그램 그만두고 독립영화 찍겠다고 말했을

텐데요."

독기가 바짝 오른 목소리다.

"무슨 헛소리야?"

"이제 그만 놔줘요. 섹시화보 촬영으로 돈은 이미 다 갚았잖아요."

"돈을 다 갚았다고? 웃기는 소리 하고 있네. 이제 네 빚은 일억이야. 의상, 메이크업, 헤어, 매니저 월급, 홍보비, 접대비 등이 다 경비로 충당되고 있어."

"내가 바보인 줄 알아요. 우리 거래는 끝났어요."

김사장이 휴대전화에 달린 USB를 흔든다. 혜정이 USB를 낚아채려고 하지만 몸이 마음대로 움직이지 않는다.

"넌 나를 위해서 일해야 해. 영원히."

김사장이 나가고 혜정은 야광 손이 움직이는 대로 다시 꼭두각시 춤을 춘다.

네온사인이 번쩍이는 거리에 사채, 급전 같은 간판이 휘황찬란하게 반짝인다. 모자와 선글라스로 얼굴을 가린 혜정이 우왕좌왕한다. 전당포 사무실로 들어간다. 혜정이 소중하게 안고 있던 상자를 내민다.

"잘 보세요. 족히 몇백 년은 된 유리가면이라고요. 엄마가 남긴 유품인데, 할머니의 할머니 때부터 내려온 거라고 했어요."

전당포 주인은 팔을 휘휘 내젓는다. 그냥 나가란다.

"아가씨 신용불량자지. 컴퓨터에 다 떠. 우린 신불자한텐 돈 안 빌려줘."

"신체 포기 각서 쓸게요. 사장님 제발요."

"맹랑한 아가씨네. 아가씨, 김사장 돈 썼네. 김사장이 아가씨 앞으로 벌써 수배 걸어놨어. 이 바닥에선 돈 빌리기 어려울걸. 젊은 아가씨가 돈 무서운 줄 알아야지."

거리를 헤매던 혜정이 그 자리에 주저앉는다.

"고등학교를 졸업하자마자 엄마랑 서울에 올라왔어. 아빠의 반대가 심했지. 그렇지만 언제나처럼 엄마는 자신이 하고 싶은 대로 했어. 아빤 아파트 전세금을 우리한테 빼주고 변두리 월세방으로 옮겼대. 우린 청담동에 오피스텔을 얻었어. 전세금을 보증금으로 맡기고도 월 백을 더 내는 곳이었지. 어쩌겠어. 비싸지만 다들 그렇게 하는 걸. 그때 난 내가 아주 중요한 사람이 된 것 같았어. 미용실 원장님도 내 얼굴 비율이 환상적이라고 말했으니까. 희망적이었지.

그날도 언제나처럼 카페에 갔어. 커피 한 잔이 만오천 원이나 하는 곳인데 연예인, 감독, 피디 등이 단골이래. 뭐 대단한 건 아니고. 우린 매일 카페에 출근했어. 카페에서 커피를 마시는 게 직업이라도 되는 양 말이야. 1시간 넘게 식어빠진 커피를 앞에 놓고 허리를 꼿꼿이 세우고 예쁜 척하고 앉아 있었어. 그 일은 생각보다 어려웠어. 난 금방 지쳐버렸지. 곧 기절이라도 할 것처럼 속이 메슥거렸어. 점심으로 라면을 먹었거든. 엄마는 아무 말도 하지 않았지만, 돈이 떨어져간다는 걸 알 수 있었지. 아빠를 쥐어짜도 더는 돈이 나오지 않았을 거야. 그런 일은 말하지 않아도 알 수 있는 법이잖아.

'그만 가자.' 엄마가 말했어. 소파에서 몸을 일으켰지. 10센티미터가 넘는 하이힐 속의 발가락이 좀 아팠어. 배에서 꼬르륵 소리가 나면서 눈앞이 하얘지는 거야. 그러곤 기억이 없어. 엄마가 그러는데 어떤 신사가 쓰러지는 나를 부축했대. 하필 그 시간, 그 카페, 그 자리를 지나던 신사는 바로, 기획사 대표였던 거야. 운명적으로 만난 거지 뭐야. 정말 극적이었어.

대표가 변두리 사무실로 우리를 불렀어. 냄새가 나

고 벌레가 있단 것만 빼면 괜찮은 사무실이었어. 넓기도 했고. 전속계약서에 근사하게 사인했어. 그날부터 사무실에서 자장면 따위를 시켜 먹으며 트레이닝에 들어갔지.

그리고 3개월 뒤에 엄마가 죽었어. 교통사고로. 대표가 드라마에 출연시켜줄 테니까 삼천을 달래. 아빠는 더는 대출을 받아주지 않았고, 엄마는 경제력이 없었어. 대신 엄마한테는 보험이 있었어. 병원에서 한두 달만 쉬고 오겠다던 엄마는 영영 돌아오지 못했어. 어떻게 되긴, 뻔하지. 대표가 엄마의 보험금을 몽땅 들고 날라버렸지 뭐야."

갑자기 돌풍이 불어온다. 혜정의 머리카락이 흩날린다. 광고지가 바람에 날려 혜정의 발치에 떨어진다. 도도하게 걷던 혜정이 발에 밟힌 광고지를 주워들고 소리 내어 읽는다.

"당신의 시간을 삽니다."

광고지에 적힌 주소지를 찾아간다. 세계 각지의 기념품으로 장식한 사무실의 첫인상은 고급스럽다. 혜정은 장식장에 붙은 거울에 얼굴을 비추어본다. 화려하고 도도해 보이는 얼굴이다. 예쁘기는 하지만 성형한 티가 과하게 난다. 혜정은 원래 자신의 얼굴을 생각한다. 지금보다 화려하지는 않지만 분명 아름다운 얼굴이었다. 수국 같은 이미지였다. 수수하지만 향기를 지닌 원래의 얼굴이 그립다.

'이번 일만 마무리되면 성형외과에 들러 보형물을 전부 제거해야지.'

비서가 국화차를 놓고 간다. 적당히 식은 차를 한 모금 마신다. CF를 찍는다고 생각하고 손가락 모양도 신경쓴다.

"요즘 누가 신체 포기 각서 같은 것을 받습니까, 촌스럽게. 우리는 정부에서 인정해주는 합법적인 회사입니다. 조만간 코스닥에도 상장할 계획이죠."

혜정은 크게 고개를 끄덕인다.

"얼마가 필요하십니까?"

혜정은 남자의 눈치를 살피며 조용히 말한다.

"일억이요. 너무 많죠? 안 되면 오천이라도요."

"혜정씨, 나이가 어떻게 되세요?"

"스물셋이요."

"그렇군요. 아주 좋아요. 우선 오늘의 거래는 비밀

입니다. 누구에게도 발설하지 않겠다는 서류에 사인하세요."

남자는 사인한 서류를 받고 다른 서류를 내놓는다.

"기한 내에 원금과 이자를 갚지 못하면 혜정씨의 시간은 우리 회사에 귀속됩니다. 세부 사항을 꼼꼼히 읽어보고 사인하십시오."

혜정은 대충 서류를 훑어보고 빠르게 사인한다.

"정말 좋은 조건이네요."

"그런가요? 자, 여기에 자기소개서를 작성하면 됩니다. 예를 들면 어디서 태어났고, 부모는 어떤 사람이고, 학교 다닐 때의 일화를 쓰셔도 됩니다. 백지가 오디션장의 심사위원이라고 생각하고 자기소개서를 쓰세요."

혜정은 잠시 고민하더니 자기소개서를 열심히 쓴다. 남자가 내미는 대로 수십 장의 서류에 사인한다.

"마지막 서류입니다. 만약 당신이 무인도에 간다면 꼭 가지고 가고 싶은 물건 한 가지를 적으세요."

혜정은 텔레비전과 거울 중 무엇을 들고 갈까 한참을 고민한다.

"저는 전신이 다 보이는 커다란 앤티크 거울을 가지

고 가겠어요."

수표를 챙긴 혜정이 사무실을 나간다. 혜정의 뒤통수에 대고 남자가 소리친다.

"잊지 마십시오. 대출 기한은 6개월입니다."

독립영화 촬영장이다. 혜정은 붉은색의 화려한 드레스를 입고 낡은 아파트 현관 앞에 서 있다. 마스카라가 번진 눈에 눈물이 그렁그렁하다. 주차장을 빠르게 빠져나가는 자동차를 향해 손을 뻗으며 달린다.

"그날, 그리움을 닮은 석양은 핏빛으로 물들고 당신에게 이용당하고 버림받았다는 생각에 절망했습니다. 그래요. 자살을 결심했습니다. 그것이 당신에게 내릴 수 있는 가장 강력한 형벌일 테니까요. 살아서는 가지지 못한 당신을 죽어서 소유하는 것이죠. 나는 당신의 양심 속에서 살아 숨 쉴 거예요. 영원토록 말이에요."

"컷. 좋습니다. 다음 의상으로 바꿔 입고 계속하죠."

혜정이 거울 앞에 앉는다. 여러 명의 스타일리스트가 모여 휴대전화를 보고 수군거린다.

"늦었는데 빨리 안 하고 뭐 하시는 거예요? 여기 촬영 마치고 4시까지 뮤직비디오 촬영장에 가야 한다고요."

사람들이 일시에 혜정을 빤히 쳐다본다. 감독이 격앙된 목소리로 "오늘 촬영은 여기서 접습니다"라고 외친다. 스태프들이 인사도 없이 짐을 싸서 나가버린다. 그때 휴대전화가 울린다. 김사장이다.

"미스 줄리엣 안녕하신가?"

"무슨 일이에요? 돈 다 갚았잖아요."

"아직 모르고 있나보네."

김사장이 비열한 웃음을 흘린다.

"궁금하면 인터넷 한번 보시든가."

혜정은 휴대전화를 본다. 많이 본 뉴스 상단에 혜정의 섹스 동영상 유출 기사가 올라와 있다.

웰빙슈퍼스타 선발대회에서 동상을 수상한 신혜정씨가 섹스 동영상 파문 후 잠적하고 말았습니다. 신혜정씨는 평소 서구적인 외모와 솔직한 입담으로 젊은 남성들에게 많은 인기를 얻었는데요…….

혜정은 백색의 수의를 입고 백열등이 켜진 좁고 기다란 복도를 걷는다. 제복을 갖추어 입은 건장한 젊은 여자 두 명이 그녀의 뒤를 따른다. 복도 양옆으로 번호가 쓰인 방들이 늘어서 있다. 비명, 기도하는 소리, 신음, 노랫소리, 낮게 흐느끼는 소리, 텔레비전 소리 등 다양한 소리가 방에서 흘러나온다. 방 번호는 일정한 규칙도 없이 들쑥날쑥하다. 제복을 입은 여자가 계약서를 들이민다.

"본인이 직접 사인한 것이 맞습니까?"

"예."

"신혜정씨의 시간은 지금부터 당사에 귀속되었습니다. 이의 없으십니까?"

"예."

"무인도에 갈 때 전신이 다 보이는 대형 거울을 신청한 것이 맞습니까?"

"예."

"방에는 변기와 세면대가 놓인 욕실이 설치되어 있고, 식사를 비롯한 생필품은 내부에 설치된 엘리베이터로 배달됩니다. 문은 밖에서 전자열쇠로 잠기고 시간을 다 채우게 되면 자동으로 열리게 됩니다. 그때는 자유의 몸이 되는 겁니다. 당신의 모든 행동은 CCTV에 녹화되어 본사의 중요한 자료로 보관됩니다. 나머지 세부 사항은 계약서에 명시된 내용 그대로입니다.

궁금한 사항 있으면 질문하십시오."

혜정은 질문이 없다는 표시로 고개를 젓는다. 제복을 입은 여자 중 한 명이 방문을 연다. 눈부시게 환한 빛이 방에서 쏟아져나온다. 혜정은 손으로 눈을 가린다. 잠시 후, 느리게 그 빛 속으로 걸어들어간다.

혜정은 거울을 본다. 일그러지고 울퉁불퉁한 얼굴이 거울에 비친다. 유리가면이 손에 들려 있다. 혜정은 유리가면을 떨어뜨리고 발작하듯이 몸을 뒤튼다. 이곳에 들어올 때 분명히 빈 몸이었다. 전신 거울 말고는 그녀에게 그 무엇도 허용되지 않았다.

"어떻게 여기까지 따라왔어?"

혜정이 몸을 떨며 입에 거품을 문다.

"내가 스타로 만들어주겠다고 했잖아."

"거짓말. 거짓말. 거짓말."

"내가 싫어졌어? 아니잖아. 스타가 되고 싶지? 그럼, 저 흰나비를 잡아."

"너의 정체, 이제 알았어. 유리가면은 처음부터 없었던 거야. 그렇지? 깨져버려. 없어져버려."

혜정이 유리가면을 마구 던지고 발로 짓밟지만 깨지

지 않는다.

"아직도 모르겠니. 깨지는 건 내가 아니라 너야."

혜정의 머리 위로 흰나비가 날아온다. 그녀의 주변을 맴돌던 흰나비는 거울 속으로 쏙 들어간다. 순식간의 일이다. 혜정은 거울을 빤히 쳐다본다.

"네가 원하는 게 바로 이거지."

혜정이 머리로 거울을 들이박는다. 거울의 유리가 산산이 조각난다. 혜정의 이마에서 피가 흐른다. 유리가면 위로 붉은 피가 뚝뚝 떨어진다. 유리가면은 흠집도 없이 그대로다. 경보음이 요란하게 울린다. 혜정이 미친 듯이 웃어댄다.

백열등이 켜진 기다랗고 좁은 복도가 멀리서 보인다. 복도 양옆에 모니터가 즐비하다. 방 안을 비추는 CCTV 화면이다. 복도 끝 벽에 걸린 대형 시계의 분침이 째깍 소리를 내며 12시 정각을 가리킨다. 복도에 늘어선 방 번호의 끝자리가 일제히 바뀐다. 혜정의 방문 앞에 쓰인 마지막 숫자 5가 4로 바뀐다. 그때까지 혜정은 계속 웃는다. 무대 조명이 서서히 꺼지면 혜정의 웃음소리도 조금씩 잦아든다.

무엇이 성공이고, 무엇이 나답게 사는 것인가

고영직(문학평론가)

환멸과 유혹이라고 해야 할까, 아니면 선망과 공포의 감정이라고 해야 할까. 서경희 소설 『대박 오천만 연기학원』은 자기 계발이라는 절대명령이 지배하는 '감시 자본주의'의 문제를 블랙코미디 형식으로 파헤치는 작품이다. 우리는 누구나 '대박'을 꿈꾸지만 '쪽박'을 안 차면 다행인 세상에서 살고 있는지 모르겠다. 하지만 우리 눈에 보이지 않는 금융시장의 규모는 실로 막대하지만 그곳에는 '보이지 않는 손'이 진짜 보이지 않는다.

서경희는 이와 같은 문제의식을 바탕으로 남들과 다른 특별한 나를 만들도록 권유하고, 현세·현재·지금의 삶에 집중하며 '현재지상주의자'의 삶을 살도록 재촉하는 당대의 문제를 해부하고자 한다. 한마디로 말해 우리 안의 스노브(snob) 문화를 예리하게 묘파하고자 한다. 이처럼 작가로서 서경희가 당대의 문제를 집중적으로 다룬다는 점은 고유한 특징이 되었다. 이러한 서경희 소설의 특징은 제3회 '넥서스 경장편 작가상' 대상작인 『김 대리가 죽었대』(2023) '작가의 말'에서 "소설은 현시대를 담는 거울이라고 생각한다"라고 한 발언에서도 엿볼 수 있다.

여하튼 서경희는 2015년 김유정 신인문학상을 수상하며 문단에 데뷔한 이후 정열적으로 작품 활동을 하고 있다. 서경희는 『대박 오천만 연기학원』에서 탈진실(post-truth)의 시대에 자기 계발을 권하는 스노브 문화를 파헤치며 무엇이 성공이고, 무엇이 나답게 사는 것인가라는 질문을 던진다. 흥미 있는 사실은 두 편의 작품에서 보이는 작가의 스탠스가 '홈 패인 공간'(질 들뢰즈)에서 이탈하려는 행보를 보인다는 점이다. 당대의 어젠다를 다루는 서경희의 붓질이 이렇게 나타난

다는 점은 이 문제에 대해 다채롭게 고민했다는 뜻이
리라.

  또 하나 간과할 수 없는 서경희 소설의 특징은 '연극'
적 장치가 전경화되어 나타난다는 점이다. 이는 서경
희 작가가 '배우'였다는 점이 크게 작용했을 테지만 그
것만으로는 설명이 충분하지 않다. 서경희는 이러한
연극적 장치를 통해 작품과 현실의 알레고리적 설정을
의도한 것이 아닐까 싶다.

「유리가면」: '부채 인간'의 운명

  「유리가면」의 주인공 '신혜정'은 스타가 되기 위해
연기를 한다. 네 살 때 스타로 성공하기 위해 엄마 손에
이끌려 상경한 그녀는 성공을 위해서라면 물불을 가리
지 않는다. 바비 인형의 몸과 얼굴을 위해 성형 중독을
마다하지 않고 좋은 배역을 얻기 위해 가족마저 도구
로 삼아 사채업자의 돈을 빌린다. 그렇게 고작 스물세
살의 혜정은 거침없이 빚쟁이의 길, 다시 말해 '부채
인간(Homo debitor)' 신세가 된다.

  카지노 자본주의 속성을 갖는 소유자 사회(ownership

society)에서 빚쟁이가 된다는 것은 무슨 뜻인가. 그것은 지금 여기의 신자유주의가 일종의 '협박 경제'의 속성을 갖는다는 점을 처절히 깨닫는다는 것이다. 작품 속 혜정은 영화 〈불멸의 남자〉 공개 오디션에 참여하지만 주연 배우로 발탁되지 못한다. 제1회 웰빙슈퍼스타 선발대회에서 동상을 수상하지만 1등만 기억하는 더러운 세상에서 동상 따위는 휴지 조각에 불과하다. 결정적인 사건은 혜정이 기획사의 '스폰서' 요구를 거절한 데서 비롯된다. 급기야 혜정의 섹스 동영상이 유포되며 궁지에 몰린 혜정은 자신이 가진 모든 '시간'을 걸고 마지막 베팅을 한다.

이상에서 보듯이 「유리가면」은 자아 관리의 셀러브리티화가 일반화된 우리 시대의 문제를 다룬 작품이다. 다시 말해 누군가를 도발하든 말든 간에 돈만 벌면 되는 '주목 경제' 시대의 문제를 정면으로 다룬다. 여기서 서경희의 붓끝은 이러한 시대에 채권자-채무자가 된다는 것이 무슨 의미인지 성찰하고자 한다. 이 지점에서 철학자 니체가 『도덕의 계보』에서 사회조직의 원형은 교환이 아닌 대출이며, 이러한 대출 때문에 채권자-채무자 사회는 노력-보상이 아닌 '약속-죄(罪)'

라는 특유한 부채의 도덕을 형성한다고 한 통찰을 상기할 필요가 있다. 다시 말해 자신의 모든 '시간'을 걸고 마지막으로 베팅하는 작중 혜정이 일종의 징벌방에서 과거의 잘못을 연기한다는 작품 설정에서 보듯이 우리는 신자유주의 시대 부채 인간의 운명을 엿보게 되는 것일지도 모른다.

그렇다면 왜 '시간'인가. 넷플릭스 CEO 리드 헤이스팅스가 "우리는 수면과 경쟁하고 있다"라고 한 말은 좋은 참조점이 된다. 지금 여기의 자본주의는 이윤 창출을 위한 마지막 보루로서 우리의 시간을 식민화하고자 한다. 어쩌면 작품 속 '유리가면'은 감시 자본주의를 상징하는 사물일 수 있다. 즉 유리가면은 자기 관리 애플리케이션을 재촉하는 상징물이자 그러한 시대를 살아가는 우리의 페르소나(persona)를 의미한다고 볼 수 있을 것이다.

하지만 서경희는 여기서 나름의 작가적 '결기'를 보여준다. 작중 혜정이 자신을 가둔 일종의 징벌방의 전신 거울을 파괴하며 자해 소동을 벌이는 것이다. 어쩌면 자기 파괴적 충동에 가까운 혜정의 행위에서 독자들은 오히려 통쾌한 쾌감을 느낄 수 있지 않을까. 신자유주의라는 시스템의 인질 신세를 거부하려는 작중 혜정의 파괴적 충동은 어쩌면 '인간 선언'일 수 있다고 생각한다. 물론 "이번 일만 마무리되면 성형외과에 들러 보형물을 전부 제거해야지"라고 한 혜정의 꿈은 끝내 좌절되겠지만 나답게 살고자 한 혜정의 마지막 몸짓은 매우 극적인 장면이 아닐 수 없다.

> "너의 정체, 이제 알았어. 유리가면은 처음부터 없었던 거야. 그렇지? 깨져버려. 없어져버려."
> 혜정이 유리가면을 마구 던지고 발로 짓밟지만 깨지지 않는다.
> "아직도 모르겠니. 깨지는 건 내가 아니라 너야."
> …….
> 혜정이 머리로 거울을 들이박는다. 거울의 유리가 산산이 조각난다. 혜정의 이마에서 피가 흐른다. 유리가면 위로 붉은 피가 뚝뚝 떨어진다. 유리가면은 흠집도 없이 그대로다. 경보음이 요란하게 울린다. 혜정이 미친 듯이 웃어댄다.
>
> _「유리가면」, 76∼77쪽.

「대박 오천만 연기학원」 : '후흑학' 권장하는 자기 계발

당대 어젠다를 다루는 서경희의 붓끝은 「대박 오천만 연기학원」에서도 여일하게 나타난다. 이 작품 또한 앞의 작품과 마찬가지로 연극적 설정을 통해 작품이 전개된다는 특징을 보인다. 특히 「대박 오천만 연기학원」에서는 자기 계발이라는 우리 시대의 스노브 문화와 정면 대결하고자 하는 태도를 취한다. 그리고 무엇이 성공인가라는 질문을 독자들에게 던진다. 작품 결말 또한 견고한 기존의 궤도에서 '이탈'해 충만한 삶을 살고자 하는 태도를 취한다는 점에서 앞의 작품과 매우 유사하다.

작중 '김현수'는 생존을 위한 최소한의 아르바이트를 하며 들개 전문 화가로 살아간다. 명성과 세속적 성공 따위와는 전혀 상관없는 남루한 삶이다. 하지만 그러한 현수에게 애당초 꿈조차 없었던 것은 아니다. 어느 날 부장검사였던 아버지의 불륜을 목격한 후 그때의 트라우마로 대법관의 꿈을 버리고 은둔형 외톨이가 된 것이다. 결국 어머니는 자살했다. 이때 '대박 오천만 연기학원'이라는 곳에서 보낸 스팸 메일을 받는다.

'대박 오천만 연기학원'은 스타가 되고 세속적 성공을 위해서는 철저히 연기 연습을 해야 한다고 가르치는 곳이다. 그곳은 '나 주식회사의 CEO'가 되기를 강권하며 자기 계발하는 주체가 되도록 연기 지도를 하는 곳이다. 「유리가면」에서처럼 누구나 '가면'을 쓰도록 요구하는 셈이랄까. 이곳에서 요구하는 처세술의 덕목이란 무엇인가. 최고가 되고 싶다면 최고를 버려라, 세계를 지배하려면 언론을 장악해라, 성공하려면 그 분야를 상징할 수 있는 얼굴로 바꾸어라…… 같은 덕목들이다. 그리고 이를 위해 자기소개서 완성, 가상현실 프로그램을 통한 실전 연기 연습, 그리고 행동하는 것 같은 구체적 프로그램이 요구된다.

작중 김현수는 이러한 연기 연습과정에서 아버지의 불륜을 직접 목격한 트라우마를 확인하고 자신의 동창이었던 성형외과 의사 M과 자신이 왜 다른 삶의 궤도를 그리게 되었는가를 알게 된다. 그것은 자신이 뇌물을 받거나 세컨드를 만드는 일은 성공한 사람들이 의례적으로 하는 '연기' 중 하나라는 사실을 한사코 외면한 사실에서 비롯한다. 다시 말해 대박 오천만 연기학원이 요구하는 윤리는 '강자에게는 약하게, 약자에게는 강하게'(26쪽) 사는 후흑학(厚黑學)을 내면화한 처세술이었다. 당신은 스타가 되고 싶은가. 성공한 삶을 살고 싶은가. 그렇다면 후흑학을 위한 '연습'을 해야 한다. 어쩌면 이것은 우리 시대에 자기 계발을 권장하는 스노브 문화의 핵심일 터다. 그러한 문화에서는 목적 없는 시간이란 있을 수 없는 일이다.

"M은 누구죠?"

"M은 성공한 인생을 연기한 훌륭한 배우였습니다."

"M이 접니까? 인생의 경우의 수 중 하나가 바로 M이었던 겁니까?"

여자는 대꾸하지 않았다.

"저는 여기서 가르치는 방식으로 살지 않을 겁니다."

"선택은 김현수씨의 몫입니다. 제가 처음에 말하지 않았습니까. 김현수씨는 이곳을 수료한 그 누구보다 성공한 삶을 살 거라고요. 행운을 빕니다."

_「대박 오천만 연기학원」, 41쪽.

이와 관련해 벨기에 기술철학자 마크 코켈버그가 독일 철학자 페터 슬로터다이크의 책 제목『너는 너의 삶을 바꿔야 한다』를 언급하며 "슬로터다이크도 아스케시스(askesis)라는 단어가 고대 그리스어로 '연습' 또는 '훈련'을 의미한다는 사실을 지적한다"라고 한 이야기는 좋은 참조점이 된다. 다시 말해 자기 계발은 "고대에 그랬듯이 핵심은 반복적인 실천, 즉 수행 훈련을 통해 습관을 기르는 것"*이기 때문이다.

하지만 우리는 주목 경제 시대가 요구하는 자기 계발을 위한 연습과 훈련이란 나다움과 인간다움을 앗아가는 일이 될 수도 있다는 점을 잊어서는 안 된다. 작중 현수가 토끼 인형을 가슴에 안고 있는 꼬마의 목을 비틀어 '열쇠'를 탈취한다는 설정은 무엇을 말하는가. '강자에게는 약하게, 약자에게는 강하게'라는 자기 계발에서 요청하는 정언명령이란 결국 철저히 나르시스트로서의 삶을 살아가도록 재촉하는 무서운 덕목일 수 있다는 점을 환기한다.

이상으로 서경희의 작품에 대한 검토를 마쳤다. 2015년 문단에 데뷔한 서경희는 비교적 짧은 기간 동

---

* 마크 코켈버그, 연아람 옮김, 『알고리즘에 갇힌 자기 계발』, 민음사, 2024, 28쪽.

안 다작의 작품 활동을 했다. 특히 당대의 트렌드에 예민한 작품 소재를 발굴해 작품 활동을 해온 것이 특징이다. 거짓 소문, 루머, 가짜 뉴스가 판을 치는 탈진실 시대의 문제를 성찰한 『김 대리가 죽었대』와 같은 작품에서 그런 특징이 잘 나타난다.

이번 소설에서도 이러한 문제의식은 여전하다. 어쩌면 서경희는 풍부한 취재를 통해 사람들의 욕망을 탐사하고, 사람들의 살림살이를 탐색하며 당대의 문제를 채굴하는 '고현학적' 작가라고 할 수 있는 이유가 여기에 있다. 다만 작품의 예술성은 당대 문제를 다룬다고 저절로 획득되는 것도 아니고, '다작'을 한다고 얻어지는 것도 아니라는 점을 간과하지 않았으면 한다. 그러려면 작품의 제재를 관통하는 작가만의 세계관이 더 분명해야 하고 형식미학에 대한 탐구 또한 게을리하지 않아야 한다. 그렇지 않을 경우 자칫하면 세태소설에 그칠 수 있다는 점을 외면해서는 안 될 것이다.

거듭 강조하지만 서경희 소설은 연극적 장치를 통해 우리 시대의 첨예한 문제를 환기한다는 특징을 갖는다. 그리고 작품이 잘 읽힌다는 특징이 있다. 이 점은 작가로서 매우 좋은 장점일 수 있다. 부디 경쾌한 붓끝으로 우리 시대의 문제를 다루되, '깊이'에 대한 추구 또한 게을리하지 않았으면 한다. 우리는 아직 선망과 공포의 문화 안에서 살고 있기 때문이다.

작가의 말

    지인과 다투다가 감정을 조절하지 못하고 운 적이 있는데, "연기 좀 그만해!"라는 핀잔을 들은 적이 있다. 전직이 배우라는 이유로 가끔 진정성을 의심받을 때가 있다. 나는 늘 솔직했기에 억울했다. 가만히 생각해보면 배우만 연기하는 것이 아니다. 우리는 살면서 자의 또는 타의로 수많은 연기를 펼친다. 어쩌면 이 세상은 하나의 거대한 연극 무대가 아닐까. 나에게 작가라는 배역을 준 누군가가 하늘 저 위에서 내려다보고 있을지도 모를 일이다. 작가 연기는 과연 몇 점이나 받을 수 있으려나.

지난겨울 내내 몸이 아팠다. 벚꽃이 흐드러지게 필 무렵부터 원인을 알 수 없는 피부병에 시달렸다. 하룻밤 사이에 구진과 농포가 얼굴 전체를 뒤덮는 일이 반복되었다. 스테로이드를 쓰면 증상은 거짓말처럼 사라졌다. 스테로이드를 계속 쓸 수 없어서 지금은 면역력을 높이는 치료중이다. 일찍 잠자리에 들고, 신선한 채소와 과일을 자주 먹으려 노력한다. 빵은 가끔 먹고 커피는 줄였다. 커피 없이는 도저히 글이 써지지 않는다. 기후가 나빠져 원두 생산량이 줄고 있다는데 큰일이다. 이 틈에 베란다에서 커피나무를 길러볼까 하고 엉뚱한 생각을 해본다.

출간 마무리 작업을 하는데 마음이 좀 심란하다. 아픈 뒤라 그런지 예전 생각이 자꾸 난다. 솔직한 성격이 장점이라 생각했는데, 아닐지도 모르겠다. 내 솔직함이 누군가에게는 무례함으로 비치지 않았을까. 직언에 상처받았을지 모를 지인들에게 이 자리를 빌려 미안한 마음을 전하고 싶다.

"지금보다 상냥한 사람이 될게. 나랑 놀아줘서 고마워."

추천사를 써주신 '오케이어 맨션'의 책방지기 은경

님과 '책방밀물'의 책방지기 다현님께 고마운 마음을 전하고 싶다. 하나를 받았기에 하나를 내어주는 사이가 아니고, 어떤 계산도 없이 가진 것들을 아낌없이 베푸는 두 분은 나의 소중한 인연이다. 온전한 내 편을 가진다는 것은 우주여행을 가는 것만큼 멋진 일이다. 사막의 오아시스처럼 멋진 책방이 오래오래 우리 곁에 있어주기를 바란다.

지금 이 글을 읽는 독자님께 존경과 사랑을 담은 하트를 5만 개 날려 보냅니다. 책을 여러 권 내는 동안 한 번도 감사 인사를 전하지 않았더라고요. 부족한 소설 읽어주셔서 감사합니다. 사랑과 행운이 늘 함께하기를 기도합니다.

2024년 초겨울
서경희

서경희

2015년 단편소설 「미루나무 등대」로 김유정 신인문학상을 수상하며 작품 활동을 시작
했다. 지은 책으로는 장편소설 『수박 맛 좋아』 『복도식 아파트』 『하리』 『김 대리가 죽었
대』, 연작소설 『옐로우시티』, 소설집 『밤의 독백』, 청소년소설 『경로이탈』 등이 있다.
제3회 '넥서스 경장편 작가상' 대상을 수상했다.

대박 오천만 연기학원

초판 1쇄 인쇄 2024년 12월 13일
초판 1쇄 발행 2024년 12월 23일

지은이 서경희

편집 박민영 정소리 | 디자인 윤종윤 이주영
마케팅 김선진 김다정 | 저작권 박지영 형소진 최은진 오서영
브랜딩 함유지 함근아 박민재 김희숙 이송이 박다솔 조다현 배진성 이서진 김하연
제작 강신은 김동욱 이순호 | 제작처 영신사

펴낸곳 (주)교유당 | 펴낸이 신정민
출판등록 2019년 5월 24일 제406-2019-000052호

주소 10881 경기도 파주시 회동길 210
문의전화 031.955.8891(마케팅), 031.955.2692(편집), 031.955.8855(팩스)
전자우편 gyoyudang@munhak.com

인스타그램 @gyoyu_books | 트위터 @gyoyu_books | 페이스북 @gyoyubooks

ISBN 979-11-93710-99-9 03810

이 책은 경기도, 경기문화재단의 지원을 받아 발간되었습니다.